我在你身边

I'll Be There

〔美国〕郝莉·古德伯格·斯隆　著
陈杰　译

译林出版社 | 凤凰阿歌特 hachettephoenix

图书在版编目（CIP）数据

我在你身边／（美）斯隆（Sloan,G,H.）著；陈杰译.
—南京：译林出版社，2013.6
书名原文：I' ll Be There
ISBN 978-7-5447-2325-1

I. ①我 … II. ①斯 … ②陈… III. ①长篇小说-美国-现代 IV. ①I712.45

中国版本图书馆CIP数据核字（2011）第180371号

著作权合同登记号　图字：10-2011-371号

书　　名　我在你身边
作　　者　〔美国〕郝莉 · 古德伯格 · 斯隆
译　　者　陈　杰
责任编辑　陆元昶
特约编辑　钱　丽　荣向欣
原文出版　Little, Brown Books for Young Readers, 2011
出版发行　凤凰出版传媒股份有限公司
　　　　　译林出版社
　　　　　凤凰阿歇特文化发展（北京）有限公司
出版社地址　南京市湖南路1号，邮编：210009
电子邮箱　yilin@yilin.com
　　　　　info@hachette-phoenix.com
出版社网址　http://www.yilin.com
　　　　　http://www.hachette-phoenix.com
印　　刷　北京京都六环印刷厂
开　　本　889×1194毫米　1/32
印　　张　9
字　　数　160千
版　　次　2013年6月第1版　2013年6月第1次印刷
书　　号　ISBN 978-7-5447-2325-1
定　　价　29.80元

译林版图书若有印装错误可向承印厂调换

献给盖瑞·罗斯。

谢谢你一直在我身边。

献给马克、卡尔文、玛德琳和亚历克斯。

你们是我灵感的源泉。

1

星期几对他来说毫无意义。

只有星期天除外。

因为星期天他能听到管风琴和钢琴的声音。

运气好的话，他还能听到手铃声、击鼓声和电子节拍器的声音，从人们鼓掌、歌唱、用脚打拍子的喧嚣中，颤抖着冒出头来。

只要是星期天，不管他在哪儿，也不管平日里是几点起床，萨姆·波德尔总是很早就醒来，然后从他的脏衬衫里挑出最干净的一件穿上，出门去找教堂。

他没有宗教信仰。

除非音乐也可算是一种信仰。因为他知道，就算有那么一位上帝的话，也不会站在他这边。

萨姆总会在礼拜开始之后才走进教堂，结束之前便匆匆离开。他总是坐在靠后的位置，因为他不做礼拜，只想感受这音乐的节奏，没准走时还能顺手拿几个黏糊糊的小曲奇，或是裹了糖霜的甜甜圈。如果有人想和他搭话，他就点点头算是回应；实在应付不了的时候，他也只会扔过去一句“祝你平安”。不过，他很擅长做隐形人，一贯如此。从很小的时候开始，他就已经独来独往了。

★

当他试图去回忆自己曾经住过的许许多多城市时，能印入脑海的，唯有声音。

即使章克申城[1]也是如此。在那儿，他度过了一整个冬天，甚至还交了一个朋友。而现在，唯一留存于记忆中的，只有那条停满了城市里所有嘈杂货车的巷道，巷道尽头的那间公寓，雨点打在它的金属屋顶上，发出砰砰的声音。

那已是三年前，在那之后，他又辗转了十五座城市，简直像换了一个人生。

离开章克申城以后，他们在里诺的郊外待了一阵子，随后住进了一辆叮铃咣啷的房车，那车锈了大半，似乎随时都可能散架。房车停在南下加利福利亚（墨西哥北部的一个州，与美国接壤），住在里面的感觉和睡纸板箱差不多，是他经常重复的噩梦之一。

不过，话说回来，住在边境的感觉很不错。在那儿，美国人本来就是外来者，即使与众不同也不会有人觉得奇怪。他在那儿住了五个月，在他颠沛流离的人生历程中，倒是头一回放松了下来。

---

① 章克申城，美国堪萨斯州的一座城市。

然而即使这种格格不入的舒适感也没能持续多久。

父亲带着他和弟弟返回美国的时候，他才刚开始学西班牙语，也还没有学会游泳。

萨姆游泳全凭自学。好几个星期以来，他总是趁着太阳刚刚冒头，父亲和弟弟还在睡觉的当儿，径直冲进汹涌的海浪里。

自学一种技能从来都不简单，尤其是当这种技能还很可能要你命的时候。一开始，萨姆只敢走到平膝的水深处。渐渐地，他冒险投身澎湃的浪潮中，模仿他曾远远看到的人们的动作，在冰冷的浪花中摆动着双臂。

他相信自己看上去就像个十足的白痴。

但他总能游回满是沙砾的海岸边。有天早上，海浪突然转向，开始把他推向另一边海岸。他使劲拍打着波浪，两条腿疯狂地乱蹬，喝下一肚子冰凉的海水，游了很长距离才最终脱险。

某种东西，某种深植于他体内的东西，在他最想放弃的那一刻，制止了他。

无论如何，那次遇险以后，萨姆觉得自己总算是会游泳了。然而他的人生完全受制于父亲，因此他早有准备，自己亲身体验过的那些东西，到头来总会出其不意地消失，已经有太多东西来来去去不知所踪……世事难料，对一个读完小学二年级就辍学了的孩子来说更是如此。

但好在他对自己的无知也一无所知，这样，至少不会那么难受。

★

埃米莉·贝尔是个收藏家。

她的藏品走到哪儿都能随身携带，因为她收集、分类和珍藏的东西，正是他人的人生故事。

奶奶曾说过，埃米莉也许是有史以来最伟大的间谍。当然啦，是一个擅长刺探机密，但毫无保密意识的间谍。埃米莉自己并不尊重个人隐私。既然她对自己的任何事情都毫不隐瞒，干吗要帮别人保守秘密?

也许这正是人们对她卸下防备的原因。

埃米莉对他人过往的兴趣让她能轻易地进入人们最隐秘的情感世界。就好像她拿着块磁铁之类的东西，一下就把别人的灵魂吸引了过来，而且还是在他们毫无察觉的时候。

那块磁铁，没准还是马蹄形的，也牵引着他人关切的目光，让他们感到自己必须为埃米莉分担忧愁。

前段时间，埃米莉得知她认识的一个杂货店店员的堂姐在浴室的垫子上滑了一跤，从二楼开着的窗户摔了出去，却没有受什么重伤。因为她正好掉在院子里一块废弃的床垫上。

这位堂姐后来在理疗过程中认识了一个男人，并在这男人的撮合下，和他同父异母的兄弟结了婚。一年以后，在一次激烈的争吵过后，女人开车碾过了丈夫。后来她才发现，院子里那张床垫，正是自己的丈夫扔在那儿的。

他救了她，似乎就为了有朝一日让未来的妻子把自己变成个残废。

这件事让埃米莉挺感兴趣，她倒不觉得有多讽刺，只觉得造化弄人。她本来就深信所有事物之间都存在着联系。现在，埃米莉十七岁，她正思忖着，自己在这些环环相扣的事物中，究竟处于怎样的位置。到底什么时候才会有一件看似不起眼的事情发生，让她的生活整个为之一变?

到目前为止，一切都是按部就班：优秀的父母、有礼貌的弟弟、世界上最棒的狗、最忠实的朋友。在她的人生里没有什么颠覆性的大事，甚至连说得出口的挫折都没有。

但她毕竟生活在这样一个小镇，亲眼目睹过多少小事像涟漪般荡开，最终变得不可收拾，而每个人似乎都是这涟漪中的一环。

这一切让她不得不成了一个宿命论者，至少后来，她是这样告诉自己的。

★

埃米莉咬了口全麦面包片，注视着窗外。她可没有一副好嗓子，不走调已经是她的极限。那她为什么还要去教堂独唱呢？

促成此事之人就坐在她的对面，正在喝咖啡。

蒂姆·贝尔是位大学音乐教授，在周日，他也是唱诗班的声乐指导。埃米莉一边嚼着面包一边想，爸爸如果真打算让她在众人面前独唱这首《I'll be There》[①]，那么他对声乐指导这个职位一定不是非常在乎。

因为这首歌甚至不能算是一首圣歌，而是一首经典的流行歌曲，是被“杰克逊五兄弟”乐队唱红的。人们都听过这首歌，也看过“杰克逊五兄弟”在舞台上的表演，他们都知道这首歌该怎么唱。

想到这些只会让她唱得更糟。

她父亲有自己的一套理论——他几乎在每件事上都有自己

① 美国歌手迈克·杰克逊的歌曲。

的理论——在他看来，情歌完全可以用在神圣的场合，激发巨大的精神力量。作为指挥，他知道，音乐能使人动情的关键就是：耳熟能详。

但在埃米莉看来，他简直是在戏弄教民。他总喜欢选用那些人们已经很喜欢的歌。这个计划当中唯一的问题是埃米莉，她成了试验里的小豚鼠，这简直离谱。

埃米莉一整个星期都在跟母亲理论，因为她一直很讲理。但是，黛比·贝尔是位急诊室护士，她说她负责生病和写诗的事，那意思是，音乐的事就交给丈夫了。

绝望之下，埃米莉甚至试图鼓动弟弟杰拉德去游说父亲。杰拉德只有十岁，比埃米莉小了整整七岁，平时埃米莉让他干什么他总会乖乖地照做。但就连杰拉德都觉得，上台独唱没什么大不了。

闭上眼睛，埃米莉听见自己的声音像卡通片里的花栗鼠一样越唱越快："我在你身边。只要呼唤我的名字，我就在你身边。"

这绝对是一场噩梦。她只能咬紧牙关挺过去。

2

萨姆的父亲，克拉伦斯·波德尔，总能听到奇怪的声音。

人的声音，几小时几小时地吵吵，就跟住在他脑子里似的。这些人声响起时，似乎总是为了对他发出危险警告——有时是真实的，但大多数时候，所谓危险只是出于想象。

任何人第一次见到克拉伦斯，都会明白，他是一个焦虑的人。他瘦弱的身体似乎都因为精力过剩而快要散架；他说话时，手指会在身旁不断抖动，就像是在弹一架看不见的钢琴，而那架钢琴就支在他骨瘦如柴的大腿上。

这并不是因为他有习惯性的抽搐之类的毛病，他的情况没有那么糟糕。应该说，那是他的习惯性动作，甚至还能传染给你。

克拉伦斯是个好看的男人。他满头黑发，下巴坚毅，总是穿着一条很干净的黑色牛仔裤，没人能看见缠绕在他左腿上的黑色毒蛇纹身。那是他自己动手文的，文得惟妙惟肖。

克拉伦斯身高超过六英尺，明眼人一眼就看得出他是个很会打架的主儿，而且很容易就会大打出手。

他的声音深沉平稳，你会觉得这是件好事，但紧接着他的手指就开始动起来，似乎他是从一个遥远的地方接收指令，而不是从脑前额叶神经，这看起来就有点儿不正常。

萨姆的父亲本来可以活得比现在好。他可以留在阿拉斯加，住在他出生的老木屋旁，打打猎、捕捕鱼，偶尔还可以带走一些不属于自己的东西卖掉换钱。但是他却在偷拆船外发动机时，被一个下班的巡警逮了个正着。

这次逮捕还揭出了克拉伦斯的其他罪行。因此，他二十二岁时就进监狱，待了整整三年。获释以后，克拉伦斯离开了阿拉斯加，他打心眼里深深地明白了一件事，那就是这辈子，他再也不会去坐牢。

这并不是说他打算过高尚的生活了。克拉伦斯发誓不再坐牢，但他的誓言跟德行可没什么关系，而是一种迫切的自我保护。只要能不坐牢，他什么事都能干得出来。

在蒙大拿，也就是萨姆出生的地方，他一度安分守己地过了一段时间。在巴特瑞食品杂货店，他遇见了谢莉。克拉伦斯正把一盒芝士味的金鱼饼干往笨重的棉衣里塞，在那当口，谢莉出现在了过道里。

谢莉比克拉伦斯大十岁，克拉伦斯马上就感觉到，谢莉喜欢自己。当时她衣服上贴着名牌，他只需要问她的电话号码就行了。还没等他问，谢莉就主动把电话号码给了他。

六星期之后，谢莉怀上了萨姆，她和克拉伦斯住在父母的车库里。在谢莉家人的监督下，克拉伦斯打过各种零工，虽然生活的状态不是特别理想，但当时看来还不算太坏。

谢莉的父亲唐尼是个电工。如果运气好点，他本可以成为一名电气工程师。打从见到克拉伦斯的第一面起，唐尼就知道女儿被一个虚有其表的坏男人缠上了。他早就想警告谢莉，但话还没出口，谢莉就怀孕了。

唐尼只好改变主意，决定教克拉伦斯这条狡诈的毒蛇一门手艺。浪费了几个月后，他又有了一个新计划。如果他不能让克拉伦斯掌握电工的手艺，他可以电死他，这样就能摆脱他了。

没想到毒蛇先动了手。

克拉伦斯无法对脑海中的声音充耳不闻。出事的那天早上，那些声音对他喊着，当有人对他使坏时，他得全力对抗。

两人都坐在卡车里时，唐尼不让克拉伦斯吸烟。之后，他们抵达魏斯砾石公司，克拉伦斯看见工作区有一块“禁止吸烟”的标志牌。

从车上卸下工具时，克拉伦斯突然激动起来。他要让坏了他的心情的人付出代价。

克拉伦斯解开接地线时，谢莉的父亲正在房顶上把新的变压器绑在柱子上。老头被电震了出去，身体落在柱子和天线接收盘之间的屋顶上。一股浓烟从他的身体里冒了出来。

克拉伦斯这时看着“禁止吸烟”的标志牌，心里感到一阵满足。

★

事故发生以后，谢莉和克拉伦斯从车库搬进了主屋。谢莉的母亲悲痛欲绝，自此以后再也没和克拉伦斯说过话。

萨姆快四岁半的时候，谢莉又怀孕了。弱小的里德尔早产了一个月，生下来以后，他就一直在哭。他那抽抽噎噎的微弱哭声把克拉伦斯从主屋又赶回了车库。

小家伙患有疝气，还有一大堆麻烦。他经常流鼻涕，眼睛还老睁不开，即使雨天，也总是一副畏光的模样。因为他那张小脸总是红通通的，谢莉管他叫鲁道夫。但自从被克拉伦斯第二次抱上手，他发出第一次抗议时，他就被命名为里德尔了。

萨姆七岁，里德尔两岁多一点儿的时候，债权人说要收回他们住的房子，电话打个不停，还三天两头地上门。谢莉的母亲再也受不了了。虽然舍不得两个孙子，她还是决定去路易斯安那和耳聋的妹妹一起住。她说以后会寄钱回家，但没人相信她的话。克拉伦斯再也没有上过班，最后，他妻子不得不又回到巴特瑞杂货店那条堆满了货的过道里。

三月里一个寒冷的阴雨天，谢莉上了八小时班从店里回来，看到家里的前门大开着。卡车不在车道上，车库边用于园艺的橡胶软管也不见了踪影。克拉伦斯带走了两个孩子、一些电动工具、一只衣箱，顺手还拿走了谢莉的叔祖父吉姆收藏的那套印第安古钱币。

那时萨姆正在读二年级，功课很好，已经能阅读五年级的课本。十年以后，他依然能在脑海里详细勾画出当年教室的模样。

从那以后，他再也没有进过学校。

★

离开蒙大拿以后，萨姆的父亲就一直在重复着同一个故事。他说妻子在生小儿子的时候死了，紧跟着他的生意又垮了台。再加上里德尔看上去不是感冒刚好，就是又患上了感冒，看到他眯着眼睛的可怜样，人们自然会为这个没有女主人的家庭感到难过。

克拉伦斯说他以前从事汽车配件业，可没什么人问他汽车零件的事。这是好事，因为他对汽车零件基本上一无所知。

他说他不能给员工上健康保险，但会支付高工资。他尽力把企业维持了很长一段时间，但最后政府还是闻风而来，搬出《破产保护法》，把他逼近了第十一章（意为破产）。

里德尔还在蹒跚学步时，就第一次听说了这个故事。当时他以为，父亲是被一本书给关起来了，最后他又莫名其妙地逃了出来。他以为这正是克拉伦斯痛恨教师和各种学习的原因。

克拉伦斯相信“人生经验”，这也是他老跟萨姆和里德尔说的。所以离开家以后，克拉伦斯再也没让他的孩子们进过学校的大门。

但他们没去上学的真正原因，是克拉伦斯不但痛恨所有的老师，而且对整个教育体制深恶痛绝。

★

两个男孩常年睡得很晚。他们再大点儿以后，父亲甚至都懒得理会他们的饮食，所以他们俩经常半夜饿醒。

克拉伦斯让萨姆和里德尔在该上课的时间里安静地待在家里，尽量不要被人发现，以免人们对两个无所事事在外闲逛的男孩产生质疑。速食店开门以后，垃圾堆积如山之前，是他们出门的最佳时间。

他们俩养成了太阳高高升起才出门的习惯。如果有人问起，他们就说正巧放学回家。但星期天就不同了。星期天的任何时间被人看见都不要紧。

而且，星期天还有音乐。

穿上鞋以后，萨姆看了弟弟一眼。里德尔正睡在地板角落肮脏的床垫上，呼吸和往常一样沉重，鼻息堵塞使他又患上了支气管炎。

萨姆考虑着是否要把里德尔的头在枕头上往上抬一点儿，因为这样做有时会减轻里德尔的痛苦。但他并没有这样做，而是在地上捡起一支笔，然后在一张废纸上写了几个大字：

很快就回来

他们初次进城的时候，萨姆就看到了第一基督教教堂。

难道还有第二基督教和第三基督教教堂吗？这还有竞争不成？那时他这么想。

可现在，站在皮尔大街的砖石建筑前，他能看出，这座用于朝拜的宫殿比他过去见过的任何教堂都要富丽堂皇。如果真有竞争的话，第一教堂显然是赢家。停车场上满满当当，而且那些车子又新又干净。这座教堂坐落在城里最好的地段，丝毫看不出绝望的痕迹。

在萨姆看来，钱越少的人，会演奏的乐器越多，奉献出来的食物也越多，跟他们待在一起也更自在。这地方原本他不该来，但是，附近一带的去处他早已踏遍，再加上今天没有里德尔拖后腿，所以他走得更快，更远。从某种意义上说，这就像在进行一场冒险。

在街道这头，萨姆就听到了管风琴的声音。那声音太迷人了。现在，他看见正前方，第一基督教教堂的大木门正在被缓缓地推开。

他可以进去一小会儿就出来。他只想看一眼发出如此美妙声音的乐器。

但偏偏事与愿违。第一个问题是，他刚刚走进教堂，一个不知从哪儿冒出来的人就关上了那两扇巨大的木门，发出了震耳欲聋的声响，就像关闭了保险库的入口。

萨姆于是悄悄地溜了进去，坐在最后一排的靠背长凳上。管风琴几乎立即停止了演奏。然后，一个牧师出现了。他穿了件长袍，但又系了领带。他凑近麦克风，说了些什么。萨姆没有听清，他的注意力被这个巨大的空间吸引住了。

对萨姆来说，这是一个干净、整洁又混合着花朵和蜡烛气味的空间，充满着异国情调，同时又有点儿恐怖。墙壁上覆盖着一层木片，好像柔软的羽毛。正前方的天花板上垂下巨大的吊灯。吊灯上还有几排小蜡烛，但不是真正的蜡烛。如果那些蜡烛不是假的就好了，萨姆想。但那样的话，就得要一架巨大的梯子才能将它们点燃。而且烛油也许会滴下来，把人烫伤。

教堂的长木凳坐着很不舒服，不过它们从来如此。如果你想让人们专心听道，就不能让他们坐得太舒服。这很关键。他父亲不是这样教过他吗?

牧师终于停止了讲道，唱诗班出现了。不同体形、不同年龄的人，穿着一式一样的白色长袍，就像一群白色的鸟儿。对于鸟儿，萨姆知之甚少，然而从他有限的知识出发，他相信世界上总有一个地方生长着巨大的鸟儿，洁白的羽毛，顶着羽冠。

管风琴又开始演奏，萨姆看见，有个女孩从唱诗班的其他歌者中挤了出来。她和他差不多大。当她靠近麦克风时，萨姆能感觉到，她非常的紧张。

★

埃米莉浑身冒汗，但同时又觉得浑身发冷。这一切简直荒唐透顶！她的父亲站在一旁，右手不太明显地打着拍子。他这样做，显然是为了避免和女儿有视线接触。

一站到麦克风跟前，埃米莉立刻采取了自己的策略。

她打算注视着后面，越往后越好。

因为教堂的后排座位上满是心不在焉的教徒。坐在那儿的人不是在查电子邮件，就是在关注体育比赛的比分。他们什么也听不见，所以正是她的理想听众。

或者说，是她唯一的听众。

因为当她从地板上抬起眼睛时，便发现今天坐在最后一排座位上的，只有一个身影。

埃米莉抬起下巴，张开嘴，开始对着那人歌唱：

你我必须订立契约，
共同将那拯救赢回，
我将与爱同在……

她能听见自己的声音，但希望其他人都听不见。这是她今天唯一的祷告。

我会向你伸出手，
我相信你做的所有。

只要呼唤我的名字，
我会在你身边。
我会安慰你，
建造我梦的世界环绕你。
我是多么高兴找到了你，
带着强烈的爱，我在你身边。
让我用欢乐和笑声填满你的心房，
无论何时你需要我，
我在你身边。

埃米莉把这些歌词一股脑地唱给了一个之前她从没见过的家伙。

他又高又瘦，长着一头又乱又密的深棕色头发。他皮肤黝黑，似乎大多数时间都待在户外，即便深冬也是如此。

接着她意识到，他看上去不怎么自在。他不属于这里，正如她不属于教堂前方的这块讲坛。

他直直地看着她。

当然教堂里几乎所有人的都在看她，但埃米莉只在乎他的目光。

因为她也只看着他一人。

忽然间像豁出去了似的，埃米莉无法控制自己，只想继续为他歌唱。

这是灵魂出窍的感觉吗？她翕动嘴唇，发出声音，但这些对她没有意义。

除了最后一排的那个人，其他一切都失去了意义。

★

那女孩真的不会唱歌。

然而，她的歌声又是那样令人迷醉。

她未经训练，暴露在众目睽睽之下，连节拍都跟不准。但她在真真切切地对他唱着。

为什么是他？

他无法想象。

那女孩留着棕色的长发，两只小小的手在身体两侧握着拳头。或许是因为她看上去糟透了，又或许是因为她径直地盯着他，并且似乎正在唱给他听，所以他无法把目光从她身上挪开。

她正唱着“我会在你身边”。

但是，从来没有人在他身边！从来如此！她又凭什么会在？

这感觉仿佛一个不应泄露的秘密，那一瞬间，令他心痛难当。

3

很长一段时间里，萨姆都确信妈妈会来救他和里德尔。

一旦意识到他们真的不见了，妈妈就会打电话给警察、消防队（他们不是从树上救过猫吗？）、他的老师，或者还有邻居——住在街尾蓝色房子里的维克一家。大家会找来的，他对这一点深信不疑。

刚开始时，事情的确是这样。但他母亲不是那种会坚持到底的女人。她不仅缺乏决心，也缺乏领导和组织能力。但这不是她的错。

当谢莉还是个婴儿的时候，有一次她妈妈从市场回来，把绑在坐垫上的她往厨房的料理台上一放。妈妈一转身，她就从塑料坐垫上挣脱了。谢莉的头砰地撞向地板，那声音像球棒击中了一个西瓜。她整整昏迷了五分钟，直到家里的旅行车开到医院急诊室的停车场上，她才苏醒过来。

医生让谢莉留院观察了一整夜，说问题也许不会太大。不可否认，谢莉是个可爱的孩子，安静，而且很乖。但从那天开始，她就再也没有可能继承父亲的聪明伶俐和母亲的音乐天赋了。如果把她的脑瓜比做计算机，厨房地板的那一摔，就相当于抹去了电脑硬盘里的所有分区。

萨姆的父亲带着两个男孩离开家以后，谢莉开始经常去“我的办公室”酒吧。酒吧的招牌是它的旋转前门。这扇全城独一无二的残破金属玻璃门，来自丹佛以前的一幢储贷大楼。走进它，你感觉好像真的进了一个名胜古迹似的。但实际上，酒吧内部只是旁边一个小商场的一角，唯一与它“办公室”名号相称的，是由一排黑黢黢的文件柜组成的吧台。

谢莉下了班都会直接去那儿，度过这一天中最难挨的一段时光。晚饭时间是她最想念两个儿子的时候。那段时间，如果不是在喝酒，她就会发现自己在做饭——为几个已经不再存在的人。

在“我的办公室”，谢莉总是坐在面对旋转门的座位，小口吸着秀兰·邓波儿鸡尾酒，因为这名字能让她回忆起自己的孩子。不过在她的秀兰·邓波儿的红色糖浆里，总还掺着两小杯伏特加。

克拉伦斯走了才六个星期，谢莉就被车给撞了。某天，在喝了半打邓波儿后，她步行回家。警察的调查报告中写道，她是自己冲入车流的。至于到底是自杀还是乱穿马路，就不得而知了，也许两者都有吧。她被当场宣告死亡，但不管怎样，人们还是把她送到了医院。

那天接收她尸体的护士，与四十多年前她还是婴儿时接收她入院的护士，是同一个人。她出生那天，护士那时还很年轻，刚从学校毕业。现在她已年过六十多了，膝盖都已经得了关节炎。

但她还记得谢莉。她在死亡证明的表格中，写下了“头部创伤”，然后，又在备注一栏中，用括号注明了“有前史”——她认为这样写才算完整。

六个月以后，小镇的警长退休了。新警长是从外地来的，为了站稳脚跟，只会优先处理一些民意迫切的案件。没人催问失踪男孩的下落，此案便不再被理会。

谢莉去世的第二年，她母亲死于中风。自那以后，即便两个男孩被人找到，他们也没有可以投奔的亲人了。波尔家男孩失踪事件成为悬案，不了了之了。

萨姆自然不知道这些事。

他总是想象着，母亲在老房子里等待。即便在他的想象中，谢莉也从未外出寻找过他们。她总是坐在电话旁，凝视着窗外，盼望着萨姆走进前门，扑进她的怀里。

想象随着时间的推移渐渐褪色，母亲在他心中的形象也越来越模糊。终于，他想起母亲的次数越来越少，而当他再次回想时，她已身在暗影中，面容无法辨认。几年过去，整幢房子也完全变成了黑色，失却了形状。

但是此刻，靠在第一基督教教堂后排的木制长椅上，他感到旧日的情感像潮水一样又一次席卷了他。妈妈就在那儿，就在某个地方，正向他伸出双手，试图指引他走上归家的路。

难道是因为妈妈也唱过这首歌？莫非，妈妈也曾这样对他许诺，我会在你身边？这就是他为什么如此熟悉这首歌，是的。

意识到一点，萨姆忽然感觉到，长久以来缠绕在他心里的那个结，解开了。

★

埃米莉知道自己脸红了。

她总跟朋友们说，她容易脸红，只是一种化学反应——与父母中有一个是北欧人的后裔有关——要么就是因为血压。她最好的朋友诺拉曾在一本杂志上读到，容易脸红意味着一个人很可能会在晚年患上喉癌。

不过这也许都是诺拉瞎编的也说不定。

她惊魂不定，被最后一排的那个陌生男孩搅得心乱如麻。而唱诗班在这一刻加入了，用和声伴唱着"我在你身边"。

而后，歌声戛然而止。管风琴奏响最后一个音符。但埃米莉没有回到在唱诗班里原先的位置，她分开众人，径自离开了教堂。

沿着圣坛掩映下的黑暗走廊一直走，打开后门，冲进了明晃晃的阳光。

★

萨姆看着她逃走了。

他太能理解她为何要这样做，因为——他自己不就是在不断的逃离中过日子吗？这个唱歌走音，有着一头光滑的棕色长发，眼睛水汪汪的女孩正从他面前逃走。唱诗班在继续，自然而然地唱起另外一首歌。但萨姆站了起来。

完全无视巨大的木门发出的噪声，他推下铜门把，走到了外面。

没多久他便绕到教堂后面，站到了女孩身旁。她看上去是那样沮丧。他把一只手放在她肩上。她的眼睛湿湿的。此时此刻，他最害怕看到的东西就是她的眼泪。他害怕如果她哭了，自己也会跟着哭起来。

他不该来这儿，因为，他不能让任何人看见自己，不是吗?

然而他却听见自己的声音："你会没事的。真的……一切都会好起来的。"

他居然正在安慰她。他正在安慰一个不该上台唱歌、不该暴露在众目睽睽之下的女孩。女孩身上穿着的唱诗班长袍解开了，她于是干脆把长袍抖落在地上，他能看到，她穿着一条黑色长裤，衬出了形状好看的细腿，皱巴巴的白色衬衫已经汗湿了，紧贴在她瘦小的身体上。

萨姆突然有种冲动，想把她举起来，想把她抱到摩托车上，把她带走。尽管他连摩托车怎么开都不知道。只有一次，他在电视里看见过骑摩托车的场面，看见那个骑摩托的家伙穿着军队制服，有个女孩，他们好像认识，那女孩好像很希望自己能被那家伙举起来。

然而，他面前这女孩深深地看了他一眼，这让他有些吃不消。

她突然转过身去，吐了。她把早餐吃下去的吐司、鸡蛋、培根，原封不动地全吐了出来。

忽然萨姆意识到，是因为不认识他，所以这个女孩才会这样待在他身边的。如果知道了他的底细，她恐怕永远不想和他扯上任何关系。是他害得她这么难受的，因为她唱歌的时候那样看着他，就变成了现在这样。他伸出手，本能地抓住了她的长发，止住了她的下一阵呕吐。他希望自己能有抹布、手巾，或是任何能给她擦擦嘴的东西。但是他没有。

教堂的侧门突然开了，一个女人出现在门口。她喊着：

"埃米莉，你还好吗？"

萨姆放下双手，松开了女孩的头发，往后退了几步。

然后，这一切结束了。

★

埃米莉看着妈妈，她正向自己走过来。她先是越过埃米莉的左肩，然后越过她的右肩，看向那个男孩。这时，埃米莉意识到他正在走远，越走越远，直到消失不见。她忽然焦急起来：他去了哪儿？

但更重要的是，他是谁？

现在，妈妈站在了她的身边。妈妈把唱诗班长袍从地上捡起来，擦拭着女儿滚烫滚烫、沾满汗水的脸。

歌声回响在埃米莉的脑子里：只要你呼唤我的名字，我就会在你身边……

但她不知道他的名字。她什么都不知道。

埃米莉闭上了眼睛。橙色和粉色的光影在眼睑上跳动，她看见了停车场，还有教堂。也许这一切都是她的幻想吧。她历来有虚构故事的本领。

但紧接着她睁开了眼睛。远处，在通向科尔街的斜坡上，有个人影正在远去。

他真的，在这儿出现过。

4

萨姆回家去找里德尔。然而，他的脑海中一直闪现着她的脸。那个女孩的脸。她就那么直直地凝望着他，那个不会歌唱的女孩。

看见里德尔他就不会再胡思乱想了。因为，里德尔需要他。里德尔的眼睛是淡灰色的，呼吸时断时续。虽然这对兄弟只相差五岁，但不管是在他们自己还是在外人眼中，都不止差这么多。

萨姆又高又瘦，里德尔矮小敦实；萨姆一头黑发，里德尔脸色苍白，精神不济；里德尔只会看到事物的细节，萨姆却能看清全貌。萨姆负责考虑活着的事，而里德尔，他把所有时间都用来画画了。他左手紧握钢笔，画出一幅幅奇形怪状的机械内部草图。他画这种画不需要白纸，这是好事，因为他根本就找不着。

两年来，里德尔一直随身带着一本从孟菲斯弄来的美国电话电报公司出品的电话簿。每一页上都被他画满了细致的草图，和上面原本就有的图案交织在一起。里德尔绘画的内容包罗万象，有收音机的内部结构图，旧卡车散热片背后的格栅图，还有底座脱落的烤面包机结构图。这些东西和电话号码列表、水电修理联系电话还有意大利餐馆的广告搅在了一起。

里德尔不怎么说话。他的想法都靠萨姆传达，尤其是在父亲面前。他们的父亲不喜欢听人说话，所以，有一个不出声的孩子对他来说再好不过。

克拉伦斯凡事不爱深想，所以，他管小儿子叫“谜”，倒是恰如其分。

★

萨姆沿着肮脏的车道朝前走，经过了一辆旧卡车。他爸爸正在卡车前座上睡觉。车上塞满了东西。克拉伦斯一直这样。他希望一有风吹草动，就能立刻跑路。

当脑子里的声音告诉他危险将近时，克拉伦斯就会拿上一条毯子睡在车前座。他时刻保持着高度警觉。他经常整夜不睡直到太阳升起，天亮之后却倦意沉沉，进入梦乡。

走进破败的里屋时，里德尔理所当然地正在画个不停。看见哥哥，他眨了眨眼，一抹浅笑照亮了他的脸庞。萨姆站在门框前，问：“吃比萨还是墨西哥玉米片？”

里德尔，和预想的一样，耸了耸肩，擤了下鼻子。萨姆替他做了回答：“我们先去垃圾桶那边找吃的，然后再去小超市晃一圈。”

他把手伸进口袋，掏出一把硬币，大多数是角币，很多看上去绿油油的。

“我从银行前面的喷泉里捞上来一些零钱。我们可以想想吃什么。”

里德尔这才笑逐颜开。他从地板上捡起破破烂烂的背包，把钢笔和孟菲斯电话簿塞了进去，接着，两个男孩便出了门。

★

没有人知道他是谁。

第一教堂的义务终生引座员，宾汉姆先生，说那个男孩是尼克·潘福德。但埃米莉指出，尼克当时正在佛罗里达参加祖母的葬礼呢。宾汉姆先生挠了挠头。

埃米莉的调查还在继续。没有新家庭加入教会，教会办公室的赫尔利希夫人证实了这一点。而且，他也不在自己所在的丘吉尔高中就读。除了丘吉尔高中，城里就只有另一所高中了。

当天下午，埃米莉让朋友雷米开车把她送到查维斯高中，因为她听说查维斯高中每个周日下午都有一场篮球赛，吸引着大批观众。她在场边四处晃悠，假装在看比赛，其实她是在挨个儿地辨认观众的脸庞。但是最终，她也没能找到那个男孩。

第二天早晨，她对自己最好的朋友诺拉说：“呃，这么说，你知道昨天我在教堂吐了的事喽？”

诺拉点点头，眼睛还看着手机，头也不抬地回答：“我知道，你一唱完就吐了。”

“没错。但我还有些事没告诉你。”

这下可奇怪了，因为埃米莉一向从不隐瞒。诺拉抬起头，和她最好的朋友四目相对。

“你说什么？”

埃米莉做了个深呼吸说："我知道自己为什么会吐……"

诺拉略略偏过头。她对这种事可有兴趣了："因为你太紧张了？"

埃米莉呼了口气："是因为——那个男孩。"

诺拉有点摸不着头脑。埃米莉，她可不是那种被男孩子冲昏头的类型。

"什么男孩？"

埃米莉感觉自己的脸又刷地红了："我不知道他是谁。"

"从头再说一遍，看来我错过好戏了。"

"是坐在后排的一个男孩，我在对他唱歌。我是说，我只是为他一人而唱，而他也在用心听。"

诺拉凝视着她的朋友，她现在打起了精神。

"因为那样，你就吐了？"

"让我说完。"埃米莉继续说，"我们似乎心有灵犀。"

诺拉还在等着埃米莉往下说，埃米莉却打住了。诺拉说："你还好吗？最近很多人得了流感。"

埃米莉觉得自己显然没把意思表达清楚："听着，诺拉，我知道这事听起来很奇怪……"

诺拉左脸皱了起来，每当她一摆出这副德性，埃米莉就知道，诺拉正在为什么事而烦心。

"你跟他说话了没？"

埃米莉忽然有点戒备："他走了出来，安慰我。我吐的时候他帮我把头发挽起来，拍我的肩，还告诉我很快就会没事的。"

诺拉显得更不耐烦了："然后呢？"

诺拉是有真正男朋友的姑娘，她和洛里交往四个月了。在那之前，她和特伦斯·菲什伯恩在一起。趁着埃米莉还在字斟句酌的时候，诺拉打断她："你没发现吗，男生们都很喜欢你，但你对他们从来不感兴趣。这会儿你倒是为一个从没见过的家伙动心了，就因为他看见你吐了！你为什么不跟鲍比·埃利斯约会啊？他不是挺好吗？"

现在换成埃米莉的脸皱成了一团："鲍比和这事有什么关系？"

诺拉回击道："当然有关系。如果你已经跟谁在一起了的话，当那个不知从哪里冒出来的帅哥看着你的时候，你就不会乱成这样了。"

埃米莉似乎只听见了两个字："帅哥？我可没说过他帅。"

诺拉耸了耸肩说："凯特告诉我的。她说有个帅哥一等你唱完就走出教堂了。"

埃米莉睁大了双眼。埃米莉从没想过去问凯特，因为不喜欢她。凯特的人品的确有问题，但至少她管他叫"帅哥"。也许凯特知道他是谁。埃米莉忍不住笑了起来。

但不幸的是，一个小时以后，当她在体育课上找到凯特时，凯特说她对那个男孩也一无所知。

★

星期天终于到了。

那次独唱以后，爸爸终于允许她从唱诗班里退了出来。在埃米莉看来，父亲终于接受了两个孩子都没能遗传自己的音乐天赋这个事实。

爬上车之后，埃米莉终于意识到自己这几天一直在掰着手指算日子。这实在是太讽刺了，每周最不愿意去的教堂，现在却成了她期待的地方。

可那男孩并没有出现。

整整一个半小时，埃米莉几乎一直紧盯着后门，她讨厌自己这样。

那天下午她试着把上周日发生的事情都从脑海里赶出去。是不是她把对教堂的愤恨和其他某种情感搅和在了一起？她居然越来越像自己最受不了的那种女孩。她到底怎么了？

如果她对这个陌生人产生了如此强烈的感觉，那么，换一个人是不是也一样？

5

第二天上课以前，埃米莉在更衣柜旁一看见诺拉便开口说道："我考虑了下你说过的那件事……"

"什么事？"诺拉问。

"鲍比的事。我觉得他……挺好的。"

诺拉脸上露出大大的笑容，她一把抓住了埃米莉的胳膊。"真的吗？我真想马上告诉洛里！那么，你想干点儿什么吗——我们可以一起去看场电影！或者我们可以先去吃东西，然后在洛里家看场电影——如果他妈妈正好要出门……"

埃米莉打断了她："等等，我只不过想告诉你鲍比那人还算不错……"

诺拉的脸色沉了下来："你刚才说的是'他挺好的'！他是洛里最好的朋友之一。你们很合适！"

"我刚才说的只是，希望能多了解他一点儿……"

诺拉的笑容又回到了脸上："好吧，你总算迈出第一步了。我会叫洛里让鲍比给你打电话的。"

在点头时，埃米莉觉得一股恐惧的浪潮浇透了自己全身。也许接下来几个小时，她就要更换号码，或干脆把手机扔掉。

一想到要坐在鲍比旁边，和他一起看电影，她就浑身起鸡皮疙瘩，这是最恐怖的。其次就是和他说话。是她有问题吗?许多女孩都认为鲍比棒极了。不过她猜那些女孩多半没注意到，不管别人说什么，鲍比都会露出不屑的表情；而他自己说的话又是那么无聊。

鲍比是那种老让她觉得讨厌的男孩，很难想象这种情况会改变。

★

萨姆想过是不是要再去一次第一教堂，但这已经不可能了。

当你花了十年时间来变得不引人注意，当你不再记得自己出生在哪个地方，甚至不再确定自己出生在什么时候（他只记得应该是个夏天，因为记忆中有冰激凌蛋糕，还有被喷水器淋湿的画面），当你的父亲改掉你的姓，你甚至记不得母亲长得什么样的时候——满屋子陌生人，就会像一床锋利的尖刀一样可怕。

那么，他带里德尔到出众理发店免费理发，这仅仅是个巧合吗?

橱窗上的标牌说店里需要志愿者进店免费理发。

小时候，父亲给他们理发，完全是用绞绳子的手法。最近几年，两兄弟开始用克拉伦斯放在卡车工具箱里的那把剪刀自己剪头发，没人在乎什么发型不发型。

萨姆从没想过，自己想来点改变，是因为那个唱歌的女孩。他只是在商店橱窗中看见了自己，忽然意识到，他和弟弟的脑袋看上去有点奇怪。

他俩之前从来没进过理发店，至少从记事起就没有过。萨姆说自己是来当剪发志愿者的，然后，就有人拿数码相机给他拍了一张“理发前”的照片。

里德尔把见习理发师克里斯特尔弄得紧张兮兮。里德尔不与克里斯特尔对视，对她说的话也充耳不闻。在克里斯特尔拍照片时，他一直紧盯着地板。像往常一样，他的注意力集中在萨姆身上；萨姆则像家长一样，站在离他只有两英尺的地方。

理发过程进行得很不顺利。

一开始，里德尔就用自己的方式表明，他不想洗头。接着，克里斯特尔用脚把理发升降椅踩高了一点儿，里德尔立刻从椅子上跳了起来。塑料斗篷为什么扣在后面而不是前面？他可受够了。

萨姆把里德尔带到理发店的角落。他们返回时，萨姆一脸抱歉地向理发师说明，他弟弟不需要剪什么发型，只要简单地剃个头就行了。

这个消息没有让克里斯特尔沮丧，事实上她开心坏了。她大约只用了六十秒就剪短了里德尔的头发。

里德尔“理发后”的照片是背靠着理发店的外墙拍摄的，这个乳臭未干的小子顶着一头黄毛，满不在乎地看着镜头。接下来的一个小时里，他都专心致志地画着理发椅底部的液压升降器，一幅复杂的机械图。

接下来轮到萨姆了。

没有里德尔碍事，克里斯特尔可以从容不迫地干活了。她先帮萨姆洗头发，不是一次，也不是两次，而是整整三次，克里斯特尔俯下身子，手指抓着他的头皮。她的衬衫不知怎地开了个纽扣，萨姆闭上眼睛，避免自己的视线正对上她那起伏着的粉红色内衣。突然间，他像里德尔一样，只想落荒而逃。

但克里斯特尔似乎不以为意。

她帮萨姆洗完了那似乎永远也洗不完的头发后，又帮他擦上了护发素。领着萨姆回到了理发椅上后，她开始摆弄起萨姆的头发，那股认真劲儿就像是把身家性命都压在了上面似的。过了好一会儿，萨姆才意识到，店里的另外两个理发师都凑了过来。

萨姆的头发可不少，又黑又密又鬈。过去他总想把头发剪齐，但克里斯特尔显然有别的主意。

她把萨姆前面的头发分成几层，后面的头发中分开来。她又剪又推，让头发慢慢变薄。她在萨姆的头上折腾了整整四十七分钟。待完成以后，毫不夸张地说，这是她有史以来剪出的最佳发型。

理发店主这会儿也没闲着。他拿来块湿毛巾盖在萨姆的脸上，又把温热的剃须膏抹了他一脸。接着，店主亮出了一把萨姆有生以来见过的最锋利的刀。他确信，自己这下死定了。

既然无法反抗，萨姆便干脆闭上了眼睛。店主用那把钢制的剃须刀，把萨姆的下巴、脸颊和脖子都刮得光溜溜的。萨姆本以为他会割开自己的喉咙！

一切停当后，店主亲自为萨姆拍了张“理发后”的照片，并坚持让萨姆靠着镜子，这样，整个发型才能一览无余。接着他还让萨姆签了张他称为“肖像权出让”的文件。

萨姆不知道店主说的是什么意思，不过如果签署“肖像权出让”意味着他可以马上离开，他倒不介意把自己的名字涂画在这张表格上。

因为他开始真的担心起来，这会儿，似乎理发店里的所有人都围了过来。

店主刚一收好文件，克里斯特尔便抓起一个塑料袋，一个劲往里装“试用品”。她足足装了有二三十样——洗发剂、护发素、发胶，甚至还有几种爽肤露。萨姆没做声。过去他有时会用肥皂洗洗头，但大多数时候他只会站在水龙头下，希望水能把灰尘冲走。

克里斯特尔把那袋头发护理用品和一张名片一起塞进萨姆的手里，想了想，又往袋子里搁进一包一次性的剃须刀。

还没到家，萨姆就发现，克里斯特尔在名片背后用紫红色墨水写上了自己的手机号码和“打给我”几个字，并签上了自己的名字，名字下面画了一颗倾斜着的心。萨姆把名片扔进了垃圾桶。

不出所料，父亲见到两个男孩变了样，很不开心。里德尔剃短了的头发倒还好，但萨姆的新发型就太过了。克拉伦斯本来就够烦的，这下简直给气得精神错乱了。

萨姆尽量忽略父亲的骂骂咧咧，不过，后来父亲实在太过分，他只好抓起了破旧的吉他，带着里德尔消失在树林里。等他们回来的时候，天已经黑了好几个小时，克拉伦斯也不见了。

直到第二天下午，萨姆和里德尔出门找午饭吃的时候，才突然明白：也许父亲的情绪不无道理。

现在，他们不再是隐形的了。

★

两个男孩刚一离开，理发店店主雷福德便给了克里斯特尔一个专属工作台。这个姑娘有天分，毫无疑问。

在那张“肖像权出让”的表格上，年纪较大的男孩签下了自己的名字：萨姆·史密斯。

当萨姆走出理发店时，他的举手投足就像欧洲时尚杂志里的男模。破旧的牛仔裤和不合身的褪色T恤衫在某种程度上，倒让他更有吸引力。这孩子简直帅得令人难以置信！

雷福德毕竟在曼哈顿住了整整三年，他知道，如果萨姆住在大城市，一定会被人们争相发掘。但在这儿，在这个只有两间倒闭的木材厂、失业率达到两位数的偏僻大学城里，没戏。

所以，现在只需要把萨姆“理发前”和“理发后”的照片印上广告宣传单，让它们在星期五飞进主街北面那些高尚社区的信箱里。

雷福德自诩深谙人性。他愿意拿自己的左胳膊打赌，尽管方圆五百里内没人能长着像萨姆这么一张俊脸，但这并不妨碍所有人都想要一个和他一模一样的发型。

★

萨姆一直担心，和一个疯子爸爸成天待在一起，他们也会变得奇怪。

比方说，他弟弟对画画的嗜好，常人就很难理解。没人告诉过里德尔他画画的方法是对还是错，也没人告诉过他也许应该考虑一下画其他的东西，而不是整天画些机械内部构造图。而萨姆自己，虽然不像里德尔那样完全与世隔绝，但他也很肯定，他所做的事让他离真实的世界越来越远。

举例来说，萨姆自己在吉他上弹出的旋律，和他在收音机里听到的那些，就好像完全来自两个世界，尽管收音机里的那些东西他模仿起来毫不费力。

萨姆阅读能力还不错，所以他总是留意，想从报纸和杂志上尽量多学一些东西。让他费解的是，为什么许多人都会把有趣的东西随意丢弃。每天他都会在垃圾桶和废品回收站里找到目录、信件和各种手册，一般来说，这些纸都是被撕坏的，但有时候，他甚至能找到一些比较完整的阅读资料，各种类型的平装书、精装书、课本、年鉴、年历，甚至还有剪贴本。

不管在哪座城市，他和里德尔每周都至少会去两次废品回收站，找些有用的东西。对他们俩来说，那些东西不是废品，只是人们不要的——既然他们已经不要了，那么无论拿什么都不会惹上麻烦。

里德尔会四处溜达，寻找适合用来临摹的破铜烂铁。萨姆则留在丢弃区。人们开着装满垃圾的小卡车来到这里时，因为长时间的拆装和运输，通常已经筋疲力尽。萨姆会走上前助他们一臂之力。他总是干得很卖力。这样，如果他把一些自己感兴趣的东西，比如书，放在一边的话，人们也就不会见怪了。最后，至少一半的人会把手伸进皮夹，给他个几美元，谢谢他的帮忙。

还有人不时会把一张五美元或十美元的纸币塞进萨姆的手心，尤其是当他们看见里德尔时，他们会觉得这两兄弟是智障，或者是有别的什么问题。

毕竟，世上还是好人多。

但自从他理了头发以后，好人似乎变得更多了。

而且，他们也变得更加和善。开着装满园艺工具和破旧厨房用品的旅行车的家庭主妇们，经常会微笑着递给他钱。当他把破砖烂瓦从小卡车上拉拖出来时，肩膀塌陷、穿着满是污点的T恤衫的老家伙们，甚至会跟他开开玩笑，说没有比放学后干点儿活更有意义的事了。

突然，他似乎和以前不是同一类人了，他站到了正常人的一边。世界似乎变得更大，他想知道，这是不是人们能够看见你以后才会发生的事。

★

里德尔打开他的电话本，看着自己的一幅画。一只棕黄色的飞蛾落在黄色的纸上。里德尔盯着飞蛾，思绪纷飞：

有些东西生来就有翅膀。比如蝴蝶，比如鸟。

有了翅膀就能飞。

有些东西只有腿。比如蜘蛛。但它们有很多腿，所以他们可以爬，奔跑，飞快地躲起来。当你只有两条腿时，躲起来就难了。

光总是在动，哪怕动得很细微，很细微，细微至极。

光照出了所有形状。

我尝野草莓，只因我看见了它们。

我一直在听。如果你足够安静，就能听见万物的声音。

我看见事物内部，迸出碎片。即便那碎片又再次碎裂，我也能将它们还原。

我将事情翻个底朝天。

也许会痛，但总值得一看，里面。

里德尔重重地合上电话本，压扁了那只飞蛾。

他又慢慢打开电话本，凝视着扁平的昆虫，现在它变成了两面书页之间没有生命的污渍。他的眼里倏地充满了泪水。

6

鲍比可以开车带着其他人一起出去。

他已经十八岁了，但和埃米莉同一个年级。父母说他在上幼儿园前得了腮腺炎，正好错过了头三个星期的课，所以他们只能等一年再让他入学。他们说他并不是落后了，只是在起步时出了点儿岔子而已。

这事计划了整整一周。鲍比准备先带上洛里，然后和洛里一起去接诺拉，然后鲍比、洛里和诺拉再去接埃米莉。埃米莉暗暗希望父母对这一行动予以制止，但自从上次逼着她上台独唱以后，他们就决定给她更多的自由，这意味着他们会对更多的事情点头。

悲剧。

埃米莉放学后洗了个澡，挑了件毛衣。毛衣还不错，但不会好看到让她显得对这事过分上心。穿好衣服以后，埃米莉放起最喜欢的歌，反复听了三遍。这种方法经常能让她心情变好，她真的试图使自己开心一点儿，但徒劳无功。离他们来接她的时间还剩二十分钟了，埃米莉下楼，想喝杯优酪乳。

父母去大学看演奏会了，弟弟则在楼上和他的朋友在一起，他们正在玩某种恼人的视频游戏，尖叫不断。

桌子上放着一沓信封。一般来说，这种信封里通常放的都是账单，所以除非有好的商品目录，否则她不会瞧上一眼。这次的信也没有什么特别值得注意的地方。

埃米莉拿上个调羹，然后从冰箱里取出一罐桃子味的优酪乳。她看了看表，离他们来还有十一分钟。她正在看的书还在楼上。杰拉德和他那个讨厌的朋友正霸占着家里的大电视。

没得其他东西可看，她只能拿起那堆信。放在最上面的是宠物犬美容师和房地产经纪人的免费宣传单。她随手翻了过去，突然僵住了，惊呼声脱口而出："啊！我的老天……"

那个人，他在这儿！

在两张照片里。

一张就像她所看到的他，脆弱邋遢，好像隐藏着什么秘密。在另一张照片里，他则焕然一新，令人震惊。照片底下写着一行字：

> 萨姆·史密斯：理发前与理发后。超级剪刀！我们能改头换面！

萨姆·史密斯——原来他叫这个名字。

门铃却偏偏在这时响了起来。

★

埃米莉把照片放进手包。汽车驶离房子以后，埃米莉用尽全力才忍住没有把照片再拿出来看。

她能感觉到，鲍比除了偶尔看看路，就一直紧盯着她。洛里和诺拉坐在后座。他们靠得非常近，诺拉简直快要坐到洛里的大腿上了。诺拉正咯咯笑着，埃米莉从来没见过她这副模样。

感谢上帝，收音机是开着的。埃米莉觉得，这样鲍比就不可能和她说话了。

可是她错了。因为她突然听到一声："平时周末你都干些什么？"

埃米莉的心思还沉浸在照片和她的发现里，没法完全集中注意力，至少没法把注意力集中在出众理发店和萨姆·史密斯之外的其他事情上。她尽力不去理会鲍比的问题，假装仔细检查着左手食指的指甲盖。可接着她又听见鲍比说："你有什么特别爱好吗？"

埃米莉一下子紧张起来。他不知道应该专心看路吗？这么谈天说地的，出了车祸可怎么办？那她就永远找不到萨姆·史密斯了。埃米莉只能用低得不能再低的声音，含含糊糊地应了一句："只是喜欢出去转转而已。"

"听上去不错欸。人们不知道，无所事事有时对人也很重要。我和爸爸准备明天去布鲁湖钓鱼。"

埃米莉只能继续把目光投向窗外。她实在无法对鲍比的话表现出兴趣。现在调高收音机音量似乎不太合适，可她真不想跟他说话。

后座上诺拉的尖声插嘴打破了尴尬的沉默。

“埃米莉喜欢钓鱼。”

埃米莉转身看了一眼这个叛徒，脸耷拉下来：“我不喜欢。”

诺拉露出一副迷惑不解的表情：“你喜欢钓鱼的。你不是整天和你奶奶一起钓鱼吗？”

埃米莉不快地哼了一声，诺拉把她说得好像个专业打鱼的！她和鲍比就是没有什么共同语言，这关后座的人什么事啊？

“我喜欢划船。那和钓鱼完全不是一码事。我喜欢和奶奶一起闲逛。我不喜欢滥杀鱼类。一点儿都不喜欢！”

埃米莉特意在最后那句话加了点儿重音，这下把洛里的注意力也吸引过来了。他哼了一声说：“很有个性啊，姑娘。”

驾驶座上的鲍比倾身调高了收音机的音量。现在倒是不可能再谈天说地了，埃米莉既感激他的体贴，同时又觉得受了羞辱。

★

走向影剧院时，诺拉和洛里手牵着手。鲍比和埃米莉跟在他们后面，但鲍比有意跟埃米莉保持了一段距离。买完票以后，诺拉告诉男孩们她和埃米莉要先上个洗手间。一等女孩们消失在旋转门后，鲍比便看向自己的好友。

“哥们儿，她讨厌我。”

洛里噗的一声笑了：“没错，看起来是这么回事。”

鲍比斜靠在墙上。“我就不明白了，她平时不是挺好相处的吗？这也是我喜欢她的地方。她平时还挺随和的，她不是那种小气的女孩。”

洛里耸了耸肩说：“我猜是你没有把她的优点激发出来。”

鲍比苦笑了一下：“说得对。”

洗手间里，诺拉转身看着埃米莉："你到底是怎么了？！"

埃米莉打开钱包，拿出宣传单。她把宣传单递给了诺拉。

"看吧。这就是他，后排先生。"

洗手间很明亮，其他人不断在隔间里走进走出。经过她们身旁时，有些人会明目张胆地往宣传单上瞟上一眼。诺拉低头看着宣传单，似乎有些费解："他是模特？"

埃米莉把宣传单拽了回去。

"如果是模特的话，他去出众理发店干什么？他在那儿剪了个头，拍下理发前和理发后的照片。"

诺拉把埃米莉手中的宣传单推到一边。

"好吧，那他看起来像个模特。"诺拉的语气清楚表明，她认为当模特可不是什么好事，然后她接着说，"埃米莉，现在你是和鲍比在一起，不是和某个你不认识的，还为出众理发店做广告的家伙——"

埃米莉打断她："我不认为他收钱做广告……"

诺拉可不管收钱没收钱："你赶紧地，收敛收敛，把你这副态度改改！你现在把所有的人都搞得不痛快了。"

诺拉好像被她气得发抖。埃米莉低头瞟了一眼宣传单，突然觉得自己非常蠢。

"我有点儿懵了。你们来的时候，我正巧看到这两张照片。原本我甚至连他的名字都不知道，现在——"

埃米莉的声音越来越小，诺拉的声音却仍然强硬："你还是对他一无所知。所以别纠结了！"

"我很抱歉。"埃米莉叠起宣传单，把它放回到手提包里。

"这话别对我说，去对鲍比说吧。"诺拉朝门边走去。

★

在电影院里一落座，埃米莉就跟鲍比道了歉。放预告片时，她对鲍比笑了三次，并专心致志让自己放松。

电影讲述了一个穿着修女服的疯狂杀手的故事，埃米莉好几次不由自主地被吓得透不过气来。有一次她甚至突然把头转向一旁，正好靠在了鲍比的肘弯里。

鲍比似乎很喜欢她这样。

电影结束以后，埃米莉已经没力气焦心了。走向越野车时，洛里提议他们可以去吃点儿薄饼。

镇上唯一的一家薄饼连锁店在城那头的里瓦尔路上，里瓦尔路毗邻高速公路，与大学区离得非常远，附近是汽车修理铺以及出售打折瓷砖和地毯的店家。一想到里瓦尔路，埃米莉的脑海中便浮现出一个标牌：低成本火葬。那标牌挂在一幢水泥大楼上，跟埃米莉一家领养狗狗的宠物收容所只隔了一个街区。

他们在餐馆后部靠窗的地方找到了一个小隔间。诺拉对她又好了起来，鲍比则开始讲起一个关于把鞭炮扔进乌鸦群里的故事。

鲍比似乎站在遭罪的乌鸦一边，这让埃米莉心里多少舒服了点，但她也根本没用心听。她透过深色玻璃望向窗外，心里琢磨着，女招待给她上橘味奶酪馅饼的时候，会不会把账单一起带过来。

这时，窗外的人行道上突然走过了两个人影。

矮的那个，头发剃得很短，手里拿着本电话簿大小的东西。另一个，是个高个子。尽管隔着深色的玻璃，尽管隔了差不多半个街区，尽管外面那么黑，埃米莉还是认出了他！她站起来，冲出了隔间，只扔下一句："我马上就回来。"

诺拉会错了意："我也和你一起去，这健怡可乐喝得人肚子真胀。"

但埃米莉已经出了过道，朝与洗手间截然相反的方向跑去。诺拉在她身后喊："嗨，埃米莉！"

但埃米莉没有回头。

外面刚刚开始下雨。埃米莉挤过一对中年夫妇，他们正在试着打开一把破伞。然后她发现自己已经站在了停车场上。埃米莉看向街道尽头，两个男孩已经走远了。

他走远了。

薄饼店里，女招待上菜时，餐桌旁一片寂静。

鲍比咬了口自己的薄饼。洛里在蛋奶煎饼上浇了半杯糖浆。诺拉从薄饼上刮下一层生奶油。

四下更静了。鲍比转过头，看见窗外，埃米莉在湿漉漉的人行道上全速奔跑着。他回头看了看桌子对面的同伴，再次承认："她讨厌我。"

★

走到街角，两兄弟开始过马路。这时一辆公交车停在了站台。他们会不会上车呢？埃米莉必须让他停下。一边奋力向前跑，她一边大喊了一声："萨姆！"

他转过身，看见了她，停下了脚步。

雨这会儿才真正下了起来。几秒钟之后，埃米莉才发现自己站在马路中央，与萨姆两两相望。埃米莉张开嘴，脱口而出的却只有一个字："我……"

只有一个“我”字，其他什么话也说不出来。

他凝视着她，很久，最后说：“你……”

显然，埃米莉想，他们每次只能向对方说一个字。

为了不让电话本受潮，萨姆身边的小男孩把它塞在了衬衫的最里面。他一动不动地盯着地面。萨姆看了他一眼，仿佛想用目光让他感到安心，然后他伸手轻轻搂住了小男孩的胳膊。

当他再次看向埃米莉时，她又一次张开嘴，说了句有生以来对男孩子说过的最为诚挚的话：

“我……我……我一直在找你。”

他点点头，脸上的表情让她明白，他早已洞悉一切。

7

回程的路上洛里坐在前座。开车的自然还是鲍比。埃米莉全身湿透，安静地和诺拉坐在后座，而诺拉则完全当埃米莉不存在。

仿若过了一生之久，他们才把车停在埃米莉的家门口。雨一直在下，只不过已经变成了毛毛细雨，雨刷器不断地刷着挡风玻璃。埃米莉好不容易才说出一句："谢谢你们。抱歉，我有点不太……"

鲍比转过身，看着她："埃米莉，没什么大不了的。"

埃米莉顿时松了口气。她跟全车人打招呼："晚安。"

她急匆匆离去，连车门都忘了关。似乎不止一人轻声回了声"晚安"，但埃米莉不想再去确认了。

走进屋门，埃米莉看见妈妈站在门口的粗羊毛地毯上，尽量让自己看上去不像一个孩子不回家就睡不着的焦虑母亲。她朝埃米莉笑笑，那笑容有些疲惫，她问："约会进行得顺利吗？"

埃米莉郑重地回答："今晚改变了我的一生。"

★

他们定了个计划。埃米莉准备明天晚上七点和萨姆在那间有蓝色屋顶的餐馆门前见面。

萨姆能够估算时间，但时间对他来说没有太多意义。他没有手表，也没有手机、电脑或任何可以显示时间的设备。卡车前挡板上的钟已经多年不能用了，而克拉伦斯对此采取了不管不顾的态度。

对萨姆来说，时间的标志，是太阳升起的高度，他肚子饿的程度，或许还有黎明前的那阵凉意。时间从不能以分秒或小时来衡量，时间，是日夜交替，四季流转，是动物、昆虫、花朵和绿树生长的节律。

时间还是里德尔电话簿里图画的页数，是萨姆的裤子短了，因为他又长高了三公分。

萨姆尽量将纷乱的思绪抛之脑后。他又想起了那个女孩，她就那样突然出现，大声喊着他的名字。她认识他，之前从没有人认识他。

她告诉他，她叫埃米莉。

埃米莉·贝尔。

她全身湿透，站在街道中央，那一幕他将永生无法忘怀。

为了她，他订下了计划。明天他会去洗衣服。他会收拾所有的脏衣服，一起送到自助洗衣房去。里德尔喜欢自助洗衣房。满屋子的机器轰隆作响，对他来说，那就是天堂。没错，第一步就是这样。

他已经一个月没去过洗衣房了。隐形人就是有这点好，你可以连着好几天穿同一件衣服也不会有人笑话你。也许他也该把浴室里那两条已经用得发灰的毛巾也扔进去洗洗。

他还想，既然已经到了那家蓝色屋顶的餐馆前，那么也许她会想和他一起进去，点些东西吃。萨姆很少很少去那种地方，事实上他只是去用过一次洗手间罢了。

好吧，他需要弄些钱。但他不知道需要多少钱。他最好早点儿去废品回收站，帮人们装卸垃圾。他不能落到没钱结账的地步。

刹那间，所有的事情都变得复杂起来。

★

埃米莉不知道他会不会开车。

因为昨天他是步行的，所以埃米莉认为他肯定没有驾照。她可以步行去那家薄饼店，但这意味着她必须早两小时出发。

要是能选个近点儿的地方就好了，埃米莉忽然这么想。此刻她真心希望，他们已经交换了手机号码、电子信箱和家庭住址。现在她即使想改变计划，也没办法联系上他。

她可以骑车去那儿，可那样之后她就必须一直推着车。再说，她也没有办法通知萨姆骑自行车去那儿见她呀。

她希望他喜欢山地车。她自己就很喜欢骑车上山，然后再沿着涧流旁的山道一路骑下去。在弯道众多、布满岩石的山道上，你必须弯着腰，半蹲在座位上，死命地抓住车把。某种程度上，你的生命已经和自行车融为一体。这就是她骑车的方式，她喜欢这样。

她觉得萨姆不是整天在家玩电子游戏的那种男孩子，因为那种人一般都肤色苍白，难以沟通，而萨姆看上去像是经常待在户外。

他没准是个运动好手，也许他平时还会踢踢足球。她很高兴没有从校足球队里退出，虽然自己从没打过首发。

她觉得他应该也挺喜欢滑雪。不过现在埃米莉更喜欢滑单板，她希望萨姆也跟她一样。

她家每年只滑六次雪，但这个传统从她孩提时代开始就一直保持着。所以，埃米莉对每条跑道的不同路线都了如指掌。但她真正喜欢滑雪的部分，是坐在升降椅上，俯视着白雪皑皑的大树，想象自己是一只鸟儿，正飞过茫茫山麓。

但这是她一个人的秘密。因为她不想吓着别人，尤其是那些没什么想象力的人。

然后她不由得想到了萨姆的家人。他们喜欢户外运动吗？他们会不会去野营，或者航海？他们喜欢艺术吗？他们不会像街拐角的希夫一家那样，全部的爱好就是周末外出收集岩石吧？

也许他们喜欢旅游。她希望是这样。因为她自己喜欢那种坐上飞机飞往世界各地的感觉。如果他们跟她一样该多好。这样，等他们熟络起来，就可以一起外出旅行了。

可万一她的父母不允许她跟萨姆一家出去怎么办？他们会不会突然神经发作，坚持这样做不妥呢？她妈妈会不会坚持要给萨姆的妈妈打电话，把旅行的所有细节仔细推敲一番？埃米莉完全可以想象出那会有多尴尬。如果真是这样的话，她决定不能让这两位妈妈见面和打电话，顶多只能让她们互相发发邮件。

埃米莉闭上眼睛，长长地呼出一口气。

刹那间，所有的事情都变得复杂起来。

★

时不时地，克拉伦斯会思忖，没准老老实实地过活也不会比他现在的过法更累人。但是，他很快就会把这层自我怀疑的心理抛开，当小偷也需要专心致志才行。

克拉伦斯也会做车牌年检，他的方法是把人家车子上的年检贴纸撕下来，粘在自己的车上。他还会从人家的信箱里拿走各种各样的东西——支付凭证、汇款单、免费样品，当然他最喜欢的东西要数带签名的空白支票啦，那玩意儿经常就粘在信用卡账单的后面。

多年来他一直管自己叫约翰·史密斯。世上的史密斯成千上万，多他一个也没人在乎。约翰·史密斯。一个品质低劣的史密斯败坏不了史密斯家的门风。

史密斯干活儿干净利落——他从报摊偷杂志，从商场的卸货平台上偷走整箱的货物。他去建筑工地顺手偷走工具和建筑材料。他破车而入，拿走皮夹、手机和汽油卡。他混进保龄球馆，把别人的鞋子顺手牵羊带回家。他从公共厕所的储藏柜里顺走肥皂和厕纸。他还会越过栅栏，跑到人家院子里，绑架人家的狗，索要赎金。夹带盆栽植物、柴火、废旧轮胎对他来说更是家常便饭。

一旦感觉可能被逮住，他马上就开溜。所以他才必须把东西填满卡车，随时整装待发。

他不记得警察盘问过他多少次。他被关进过各种不同的地方。该死的，向他发出逮捕令的至少也有六七个州。那就是他有段时间去了墨西哥的原因。他认为他可以逃出这个可恨的国家，但墨西哥有墨西哥的规矩，如果继续久留的话，他的膝盖骨将不保——说不定还会更糟。

孩子们是个很好的掩护。人们总会同情单身父亲。而且，他对孩子们教导有方。他教给了他们“人生经验”，那是父母能赋予孩子的最为宝贵的财富。他现在甚至都不打他们了呢！

现在，既然孩子已经长大，他觉得自己可以退居二线了。但他没法说服大儿子和他一起外出行窃。萨姆拒绝他时那叫一个干脆。很小的时候他就是这副德性，不管他怎么打他，都无济于事。

小儿子就更难搞了。谁知道他在想些什么啊？里德尔四岁的时候，克拉伦斯看见他出门在草坪上逮蚱蜢吃，那时就知道自己的小儿子是个不中用的家伙。里德尔话不多，就是喜欢画画。但他画的那都是些什么乱七八糟的东西啊！一分钱都赚不到。

有时候，脑子的声音告诉克拉伦斯，最好离小儿子远一点儿。所以他通常让萨姆去对付小家伙。他早就深知世事艰难——谁都不能相信，血亲更是如此。

克拉伦斯觉得他可能在这儿待不了太久了。他诓骗了一家房屋租赁公司，他们很快就会以拒绝缴费为由控告他。他留下来，只是因为大学城里有许多对钱财粗心大意的孩子，能“捡”到的东西也很多。

最近他已经遭遇过一些紧急状况，没办法，人们对他的生计问题过于操心了。

到了这个地步，他随时都有可能把孩子塞进车里，再次一走了之。

8

鲍比从睡梦中醒来，意识到自己正在想埃米莉。这是怎么回事？

他对埃米莉原本没喜欢到这种程度。事实上，他甚至没有注意过她，直到班上人气最高的雷利提到说，超级碗赛事期间播放了一个玉米饼广告，埃米莉跟里边那个精灵女孩长得挺像。他知道雷利品位不错，从此，他也开始关注埃米莉，但直到昨晚为止，那也只是一种远远的关注而已。

鲍比把昨晚的事又过了一遍。他可没做错什么。从踏进汽车的那一刻起，埃米莉就变得很奇怪。之前在学校里，她整个星期都对他挺不错。他们通过三次电话，谈过朋友、功课、音乐，甚至还聊天气这种无趣的事。那时埃米莉总是听得挺用心，还不时插入一些饶有兴味的评论。

昨晚车里那个不懂礼貌的疯丫头是怎么回事？为什么，他对这个疯丫头，比对那个彬彬有礼的好女孩更感兴趣？

鲍比搞不明白自己。

★

埃米莉告诉父母，她准备和一个叫萨姆的男孩见面，就是先前在教堂见过的那个男孩。这可是实话。他们会面的地点是里瓦尔路的薄饼连锁店，这也没错。她问父亲能不能送她去那儿，还说到时自己会想办法回家，或干脆叫车回家。这也不是撒谎。

不过，她说她会在晚上六点半和萨姆见面。这就不是实话了。她不希望萨姆看见父亲放她下车，所以，她情愿先到半小时以避免这尴尬的一幕。埃米莉倒并不是对自己的父亲有什么反感，但她毕竟已经十七岁了。

萨姆也提前到了，他真的对时间这种事情没什么概念。把里德尔一个人丢下很难，但他在Subway给他买了个肉丸三明治，还有一罐可乐。他还给了里德尔一个绝大的惊喜：一台带有老式翻牌电子眼的破收音机。萨姆特意把收音机的背壳卸了下来，这样里德尔就能马上看见里面的电线和回路板了。

接着，萨姆让里德尔留在家里，告诉他自己出去一会儿，也就是他画两幅图的时间。

到了餐馆以后，萨姆在停车场小道草丛中的一棵树下坐了下来。一辆银色的汽车停在路边。埃米莉对驾车的男人——她父亲？——说了些什么。下车时，男人还对她笑了笑。

即便时值黄昏，尘埃飞扬，即便萨姆坐在远处的树荫下，埃米莉还是一眼就认出了他。她奇怪自己为何不管隔着多远，总能准确无误地认出他的身影。她走向他，而他站起身，对她微笑。再然后是艰难的第一声招呼：“嗨……”

萨姆也回了声“嗨”。

他们的对话从单字变成了两个字，然后是三个字，最后终于成了完整的句子。过了没多久，他们便开始畅谈一切。

这种感觉和跟鲍比在一起时太不一样了。鲍比喋喋不休但言之无物，埃米莉听他说话总是走神。而萨姆，他很少说话，所说的每一句话却都令她兴味盎然。

最后，他们没有进店里，只是沿着马路漫无目的地散步。埃米莉有太多的问题想问，但她得克制自己，不能有审问的语气。

萨姆则暗自发誓，除非迫不得已，他绝不会告诉埃米莉自己的生活。但他控制不住地对她说出了生活中的细节。他刚刚搬来。他有个弟弟，叫里德尔，就是昨天晚上埃米莉在街上看到和他在一起的那个男孩。

埃米莉说她也有个弟弟。她在丘吉尔高中念书。她希望萨姆也去那上学。萨姆说自己也希望，但他现在只能在家自学，因为他父亲不相信一切组织，他解释道。

埃米莉不太理解，但随即选择了沉默，不再深究下去。

萨姆尽力回答埃米莉的问题。埃米莉不知道萨姆为什么经常会沉默，但她还是很容易地将这一切归之于他的深思熟虑。

埃米莉谈论起一种名叫微积分的东西，萨姆觉得那可能是某种药物。她告诉他，自己从五岁起就在美国青少年足球联盟里踢球了，然后又自我解嘲地说自己从未做过体育明星。

萨姆告诉埃米莉，他们在墨西哥住过五个月。他谈到他去过的那些地方，他的所见所闻，露宿野外的经历。他还告诉埃米莉，有一次卡车抛锚，他在一天内与弟弟和父亲在荒漠里走了整整三十英里。

埃米莉说自己喜欢旅行，犹豫了一下还是说出，她希望他的家人也和她一样喜欢。

他们不知不觉地走到了埃米莉家门外。餐馆到家的八英里显得如此短暂。

埃米莉想邀请萨姆进屋里坐一会儿，但他拒绝了。对不起，他现在必须得走。他告诉埃米莉他没有手机，但埃米莉还是把自己的手机号码给了他。她约萨姆第二天再见，但他说可能不行。

那时候萨姆显得有些焦虑。仿佛在那一刻，他又再次离她远去。

对埃米莉来说，萨姆比她想象中还要好。因为他和她认识的其他男孩完全不一样，他不会讲那些无聊的笑话，也不会吹嘘自己。他不会向她夸耀偷走了父母的伏特加和朋友痛饮，也不会觉得整夜胡闹是种光荣。他还没有手机短信综合症。

对萨姆来说，埃米莉仿佛来自另一个星球，一个完美的星球。绝不能把他真正的生活暴露在她面前！她是这么美好单纯，对他充满信任。

萨姆不知道接下来该何去何从。站在人字形砖块砌成的路边，他最想做的事，就是立刻转身离开。

他只能向前走了一步，拉住埃米莉的手，把嘴唇贴在她的掌心。“我会永远记住……”他喃喃地说，然后松开了她的手。

埃米莉呆若木鸡地看着萨姆的背影转过街角，消失在漆黑的夜色中。

★

萨姆没有打电话。

第二天、第三天，直到第四天，他就那样杳无音讯。

埃米莉神经质地一次次查看自己的手机。开始的两天她在赌气，但她终于开始四处寻找萨姆。放学后她走到那家薄饼连锁店，坐在店里呆呆地望着窗外。第三天进店的时候，大厅主管问她要不要当服务生。埃米莉再也不好意思踏进一步。

埃米莉知道萨姆姓什么，但这还不够。因为她不知道萨姆住在哪儿。他说过他不去上学，他还说他会经常搬家。

难道他已经走了吗？即便他有非走不可的理由，即便遇到了严重的突发事件，但为什么不能给她打个电话呢？至少也应该道个别啊！

她的失望感染了周围的每一个人。

她和诺拉不知怎么地吵了起来，此后她们便再也不说话了。埃米莉的父亲对女儿的抑郁心情一头雾水，觉得这很可能是自己硬逼她上台唱歌造成的。

有天夜里埃米莉突然从噩梦中惊醒，她确信萨姆受伤了，被车撞了，就在那晚他摸黑步行回家的时候。他们的邻居佩珀・克兰尼兹在开车去内布拉斯加的路上撞倒了萨姆，萨姆已经奄奄一息了。

她给城里的两个医院打了电话，问他们有没有接收过一个名叫萨姆・史密斯的伤者。他没住在圣心医院，因为埃米莉的妈妈就在那儿工作。但她在凯撒医院的病员名单上找到了萨姆的名字。

242号病房。

她早该知道是这样。

埃米莉穿上连衣裙，买了些水仙花（给住院的男孩送花合适吗？她拿不定主意，但她不准备去问妈妈的意见）。当她走出医院的电梯时，护士台的男人告诉她，242号病房在走廊的最里面。门边擦板上用记号笔写着萨姆·史密斯几个斜体字。

病房门口，身材魁梧的护士轻轻地碰了碰她的肩膀，埃米莉立即屏住了呼吸。护士轻声地对埃米莉说："他往生了。"

埃米莉走进病房，看见一个瘦骨嶙峋的老头躺在病床上，身上插满了管子。他那暗黄色的眼睛大张着，浑浊的眼神空洞地瞪视着天花板。

一个老妇人趴在床上，紧抓着床单。看到埃米莉以后，她直起身子，用双臂环住她的脖子，哀声哭泣。埃米莉手里的水仙花掉落在床上，她扶住老妇人，和她一起哭出了声。

史密斯夫妇已经共同生活了五十九年。

这是埃米莉生活中的又一个第一次。她第一次见到了死人，那人名叫萨姆·史密斯。

★

与人建立联系可能是世界上最可怕的事情。

萨姆现在才知道这一点。

他曾经差点踩到一条响尾蛇；他曾经从高架桥上往下跳，躲避一列飞驰而来的火车；他曾经因为药物中毒而整夜躺在床上发抖；还不会游泳的时候，他曾经被浪潮卷入海中；还有许多次，许多次，他承受着父亲的拳头。

但这次的经历更让他害怕。

萨姆的恐惧如此之深，以至于完全无法再次和埃米莉面对面。

那天晚上回到家以后，果然大事不妙。克拉伦斯发现屋子里只有里德尔一个人。萨姆到底死到哪儿去了？！克拉伦斯刚开始是踢墙，里德尔干脆从后门逃了出去。午夜后，萨姆花了一个多小时在树林里寻找自己的弟弟。当他终于找到的时候，里德尔像头受伤的小动物一样冻得浑身发抖。

第二天早晨，萨姆再也忍受不了见不到埃米莉，便干脆烧掉了她的电话号码。然而他的脚步却不听使唤，不知不觉走到了她家附近。

埃米莉家的房子是黄色的，镶着蓝边。木制的两层楼，看上去像是一幅幸福生活的广告画。屋前是鲜花和碧绿草坪。两部没有凹痕的汽车停在狭长的砖石车道上。车库很大，后墙上挂着个篮框。前廊上放着竹编的椅凳，椅凳上的坐垫一尘不染。

萨姆想象着，在炎热的夏天，他们家人坐在前廊喝着冰镇的柠檬水，碎冰碰着杯壁，发出清脆的声音。

三个晚上之后，萨姆终于走近了那幢房子。当时夜深人静。萨姆以前认为，只有醉鬼、小偷、失眠症患者才会在酒吧都关了门后还跑上街。现在，他知道还有一种人也会这样做：有心事的人。

穿过小巷和街道，萨姆走到埃米莉家，躲在阴影中。屋子里一片漆黑，只有楼下的印花窗帘后面还亮着一盏小黄灯。

他抬头望着那座建筑，想象着埃米莉房间里的样子。他仿佛能看见她酣睡的模样。他知道，自己不能把埃米莉搅进他那混乱不堪的生活。但他不知道，他看到的其实是埃米莉弟弟的房间。他不知道，这些夜晚，埃米莉总是睡不着，她躺在厚厚的羽绒被下，睁着眼睛，想念着他。

★

到了第四天，萨姆吉他弹得太多，手指都开裂了。他知道，自己必须得做点什么了。

起初，他甚至不知道这种举动和埃米莉有关。

他和里德尔跑去河边，在河岸上收集了一些小树枝。里德尔喜欢河边的一切，他会在那儿寻找可以换钱的空瓶子，永无厌烦地盯着鲫鱼绕着泥泞石块横冲直撞。

萨姆把那捆树枝带回破败的房子。他在巷子里垃圾桶的顶上找到块破碎的胶合板，那块胶合板形似一颗破碎的心。

从父亲放在堆满货物的卡车后部，在装满了螺钉、螺母、金属碎片的锈罐子里，萨姆找到了一些小钉子。他把这些钉子锤进胶合板，让尖的那头透出来；然后，他小心翼翼地把那些破破烂烂的树枝按在钉子的尖头上。

这是一颗裸露的心。

萨姆再也无法控制自己。这天午夜，他把这颗心放在了埃米莉屋后的台阶上。

9

蒂姆总是家里最早起床的人。他把火炉上恒温器的温度调高几度，煮上咖啡，最后把狗放出来。

这一天，他还从门外拿进了一颗“心”。那颗心是用178根小树枝搭成的，看上去像棕色和灰色手指缠绕在一起。

蒂姆在当地的大学里教作曲和音乐理论。不过，他在加州大学戴维斯分校攻读学位时，还选修过室内艺术。此刻他的艺术修养让他不由得把那颗心捧在手中，把它带进厨房，放在桌上。

五分钟后，当黛比·贝尔穿着上班的蓝色护士制服走进厨房时，蒂姆仍然盯着那颗心在看，目不转睛。黛比不禁收住了脚步。从她的角度，只能看见丈夫面前放着一大堆东西。不会是什么动物吧？她不由得提高了声音：“你在看什么？”

蒂姆示意她靠近一点儿。“这玩意儿真了不起——我也说不出是什么。”

黛比只往那颗心看了一眼，就同意了丈夫的判断。埃米莉走进厨房时，夫妇俩同时把头转向她。

“怎么了？”埃米莉问。

她爸爸把手往桌面上指了指。“我想这应该是什么人给你的。”

“你怎么知道是给我的？”

“因为背后有你的名字。”

妈妈退到一旁，埃米莉看到桌子上放着一大块木头。她低头看着它——制作者显然花了好多心思，找来这些树枝，再把它们打磨成这样一件大都会博物馆风格的民间艺术品。埃米莉盯着它看了很久，忽然间，这些天以来，她头一次笑了，笑得那么开心，发自心底的欢畅淋漓。

父母交换了一下眼神。这意味着女儿的苦恼就此结束了吗？还是说只是更多苦恼的开始？

当埃米莉费劲地抱着那颗心上楼时，她听见父亲用沙哑的嗓音轻声对母亲说：

“看来她爱上了一个艺术家……”

★

这么说，萨姆没走。

回到房间，埃米莉小心翼翼地把那颗心翻转过来，检查着木块的底面。

底部的一根细枝上，用极细的树枝拼出了几个简单的字母：“EMILY”和“4u”。

在最靠后的一根树枝上，刻着一个不起眼的词：“SAM”。

那天早晨埃米莉到校后马上跟诺拉道了歉，两人又做回了好友。然后她努力融入班级当中——她甚至对鲍比笑了笑。午饭后她把自己的数学作业给了皮埃尔·鲁夫，因为她能在五分钟之内把这份作业重做一次，鲁夫想完成可就难了。

放学以后，她没有直接回家，而是留在学校，把历史作业交了上去。之后她把塞在衣物箱里的那沓废报纸扔了，并按照足球教练的建议，沿着跑道跑了十二圈作为季后热身训练。

埃米莉又做回了自己，但和先前有点儿小小的不同：她有了一个秘密。

萨姆会回来的。埃米莉深信这一点。

这次，她会一直等下去。

★

埃米莉把手机上的闹钟设置在凌晨两点。她觉得萨姆最早会在这个时间来。接着她上床睡觉，仍然穿着自己最喜欢的牛仔裤和长袖T恤。

三个小时过去了，闹铃响起，她马上醒了。她悄悄地溜下床，穿上毛衣和靴子，轻手轻脚地走进走廊。

经过杰拉德的房间时，埃米莉看见家里那条九岁的狗费利克斯在杰拉德的床上呼呼大睡。下楼以后，她从衣橱顶层拿出一条厚厚的红色羊毛毯，溜出了前门。

埃米莉用毛毯裹住全身，坐在前廊的躺椅上，等待着。

很奇怪，她居然没有半点儿倦意。相反，她觉得浑身充满了活力。夜色微凉，春意已悄悄逼退了寒冬。她呼了口气，一股白色的薄雾从眼前慢慢淡去。

起先，似乎整个世界都在沉睡，万籁俱寂。然而接下来，她听到了，声音。邻居家的树上有只鸟在叫，好像是只猫头鹰。停车场后面，似乎有什么动物发出低低的咀嚼声，但仔细听，又像是土拨鼠在不紧不慢地刨着坑。远处有火车的汽笛声，看不见的地方，有狗在低声吠叫。埃米莉静静地坐在躺椅上，一次次地看表。虽然她已经在这里住了十七年，但在认识萨姆之前，却从来没有机会感受这一切。

黑夜不断流逝。埃米莉突然意识到，猫头鹰已经停止了鸣叫，土拨鼠也不再挖洞。周围比刚才还要安静，就在这时，萨姆从街道对面的阴影里出现，向这边走来。

埃米莉一动不动地坐在椅子上，目光追随着他的身影。

外面很冷，但萨姆只穿了件单薄的衬衫，甚至没披件外套。黑暗中，埃米莉看见萨姆头发蓬乱，耸着肩膀。可尽管如此，他仍然比她的记忆中还要好看得多。

萨姆从路灯的光圈里走过，两手插在口袋里，目光一直盯着地面。他不知道埃米莉正在等他。当他走到车道旁边时，埃米莉站了起来。

一看见她，萨姆就停下了脚步。

现在，轮到埃米莉行动了。

她跳下门廊上的三级台阶，穿过狭窄的砖石走道，踏过草坪。一转眼，她已经来到萨姆面前。她抬头看着萨姆的脸，一句话也没说，只把身上的红色羊毛毯展开，披在萨姆身上，然后把他拉向自己身边。

他们的身体碰触着，毛毯仿佛红色的蚕茧，包裹着他们。埃米莉闭上眼睛，把萨姆搂得更紧，而萨姆别无选择，只能放弃了抵抗。

★

埃米莉醒来以后，确认了一下，自己不是在做梦。她的脸像滑雪没有戴围巾一样，烧得通红。下楼吃早饭时她觉得浑身一点儿力气都没有，但心情却很轻松。

埃米莉的样子让父母心宽，他们显然不知道女儿昨晚的经历。埃米莉喝了勺燕麦粥，对母亲说："我朋友萨姆放学后会到家里来，我们可能出去散散步什么的。"

黛比·贝尔尽量不表现出惊讶，只是配合地点了点头："如果你愿意，可以让他留下来吃晚饭。"

埃米莉只是笑了笑，目光里却有隐藏不住的喜悦："谢谢，但今天不用。"

十岁的杰拉德还是像往常那样不识趣，他高声插嘴："你们说的是把姐姐甩了的那个人吗？"

所有人都盯着他看。谁都没想到这只小家伙竟然一直关注着事情的进展。

蒂姆·贝尔惊讶地发现，这段对话竟让他浑身不痛快。那家伙是谁？迄今为止，他已经给这个家带来了一些不愉快，只有蒂姆自己知道这有多严重。

他有点为埃米莉的将来担心。这听起来十分老套，但蒂姆·贝尔还是希望，那小伙子来自一个体面的家庭。

10

这段时间，鲍比改变了开车回家的路线。最近的路线，是沿着费尔蒙特街一直往前开，越过天景酒店；但现在，他却会在阿加特街转弯，这样他就能经过埃米莉的门口。

这种举动活像个十几岁的小姑娘。

或者说，像一个猎手。他在监视埃米莉，这种行为模式也许是种遗传。鲍比的父亲是个律师，母亲是个私人侦探。他们俩共用一个办公室，还互相介绍生意。

鲍比生活在一个怀疑论者的家庭，全家人个个都信奉“眼见未必为实”的真理。阴谋论是这个家庭的职业病，他们总是在寻找线索，而且总能找到。不过，也许这就是鲍比喜欢上埃米莉的原因。在那次糟糕的约会之前，埃米莉是个可爱的女孩，但仅此而已。她不是最漂亮，也不是最出色，她有很多朋友，但没有秘密。她也没有一个重量级的追求者，而鲍比喜欢的恰恰是与人竞争的感觉。

但在那晚之后，一切都变了。那个晚上，鲍比亲眼看到埃米莉在街上飞跑，拼命追赶一个长得很帅的家伙。而那个家伙，鲍比后来去打听过，没人知道他是谁。

这件事让埃米莉成为了一个不寻常的女孩。鲍比就喜欢这种感觉。现在，他希望埃米莉也能对他倾心，这原本并不是难事。大多数女孩都觉得他很帅，他已经习惯这一点。之所以以前一直没交女朋友，是鲍比自己的问题——他觉得丘吉尔中学的女孩都很无聊。

准确地说，那些不无聊的女孩，长得又不够好看，而那些长得还行的，又总是很无聊。而那些长得好看、也不是那么无聊的，她们关心的事情又总是让他不耐烦。

到目前为止，只有埃米莉是个例外。

这段时间，除了每天绕路从埃米莉家门口经过以外，鲍比还在做被他妈妈称为“跑腿活”的侦察工作。他发现，对埃米莉的了解越多，他就对她越感兴趣。

他查看了埃米莉的考试成绩，这对他是举手之劳，因为他每周会有两天在办公室打工。有天他在副校长桌上的文件里发现了学生资料数据库的所有密码，把它们全都抄了下来。

进了数据库，他才发现埃米莉的成绩跟自己一样好，而且很明显，她也不属于死读书的类型。

他知道埃米莉还踢足球。不过直到搜索过数据库之后，他才发现埃米莉已经连续三年每周六去艺术中心上雕塑课，并且在一次为大学博物馆设计展品的竞赛中得过奖。他还进入了埃米莉的医疗档案，了解到她在一次自行车事故中摔断了锁骨，因此缺席了那一届的校运会。

如果信息就是力量的话，他现在已经力大无穷了。

但是他却还不知道该如何采取行动，是该静观其变，还是该主动进攻？让埃米莉追出去的那家伙究竟是谁？怎么会没人知道他的来历呢？

那个周四鲍比回家以后，脑子里还在转着这些问题。恰好他妈妈在厨房里，把上班时带回来的一大堆资料放在餐厅的桌子上。鲍比翻起那些资料——中间有一份本地犯罪报告的打印件。每周四鲍比的父母都会收到这样的电子邮件，他妈妈总会把报告打印出来带回家细看。有时她会从中找到自己的客户。

“有什么新鲜事吗？”鲍比边看边问。

他妈妈回答道：“这几个月小偷多了起来。看来有人手脚不干净。”

警察局每周更新的简报上还附带了一份地图，上面用小黄点指明了报告案件的具体地点。鲍比饶有兴致地研究着这份简报，地图和数据历来是他最感兴趣的东西。

地图上，大多数的黄点都集中在同一个地区——城南，靠近里瓦尔路。鲍比不常去那里。那里是廉租区，一旦洪水泛滥，最先便会殃及。虽然这些年已经很少有洪水，但人们还是心有余悸。

上次去里瓦尔路还是和埃米莉一起去吃薄饼。说起来，那一带有小偷，鲍比一点不觉得奇怪。因为，就在他自己坐在薄饼连锁店里的那当儿，就有人偷走了他喜欢的女孩的心。

★

第二天放学后，洁西卡·波普邀鲍比去喝咖啡。鲍比考虑了一会儿，虽然穿着粉红色超短裙的洁西卡看上去很可爱，但他还是拒绝了。毕竟，洁西卡不是埃米莉。

鲍比告诉洁西卡他得帮母亲干点儿活。人们总是相信这个借口，而且，总以为他真的在干什么重要的事。不过这回，话一出口，鲍比还真有了个打算。

昨天，虽然自己也不知道为什么，但鲍比还是留下了犯罪简报中的那份地图。现在这份地图就放在他的背包里。他把它掏了出来，跳上自己的越野车，穿城而过。他要去查看一下偷盗案发生的那些地方。

三四点钟时，鲍比把车开到了里瓦尔路的南侧交流道上，天气多云。这时，他突然看见了埃米莉那天晚上追逐的男孩。他旁边仍然跟着那个小男孩。鲍比立刻认出了他们，因为两人都没换衣服。小男孩甚至还和上回一样，把什么东西紧紧抱在胸前。

本能地，鲍比在下一个红绿灯处把车掉头，尾随在他们的身后。

就这样鲍比有了一个重大发现：两个男孩住在破破烂烂的尼德尔巷最尽头，一幢更破烂的房子里。

★

萨姆感到一阵轻松。

他一直抗拒着不去想埃米莉，但是他失败了。可这失败又像一次更为甜蜜的胜利。他以前从未想过，自己居然可以赢得这样美好的东西。

那一周，每天快要入夜的时候，萨姆总会给里德尔一块糖果和画画的新素材，把他留在城里公园的野餐桌旁，自己去找埃米莉。他不会进门，只想和她在周围转转，而埃米莉似乎天然地理解这一切。

周末的时候，埃米莉说她的父母想见见萨姆，而且想让他留下来吃晚饭。萨姆没有见过他们，只偶尔看到过他们在房子里忙碌的身影。

萨姆答应去见，但他怎么安排里德尔呢？下午让他在公园里坐上几小时，这还罢了，晚上该怎么办？

最后，他决定把里德尔带到电影院，给他买张电影票，叮嘱他把电影看上两遍。他给了里德尔一点儿买零食的钱，还在他的口袋里塞了罐苏打水。他看着引座员在放映厅门口把弟弟手里的电影票撕成两半。他给弟弟挑选了一部主角是机器人的电影，里德尔睁大了眼睛，很兴奋。看电影对他们来说是件大事。

萨姆计划在两场电影结束后，与弟弟在街尾公园里的长凳上会合，那大约是四个小时以后。

头发剪短以后，里德尔看上去更加幼小，也更为脆弱了。但萨姆觉得，这个发型和里德尔的安静气质倒是相得益彰，跟他的灰色眼睛搭配，能起到一种震撼人心的效果。

★

萨姆到达的时候，埃米莉和往常一样等在屋前的门廊上。他们没有马上进屋，而是在木制的吊椅上坐了一会儿。萨姆曾经在他们第一次走回家的那个晚上告诉过她，他总觉得，户外比屋内舒服一些。

黛比正在厨房里收听电台里的“周末评论”节目，她一边听一边监督着杰拉德。杰拉德正在写家庭作业。他在厨房里的小板凳上不断扭动，一脸苦相。

“为什么不让我出门？”

黛比没有停下手，继续削土豆做沙拉："因为你姐姐需要留点儿隐私。"

杰拉德合起书本："但我想见见他。"

黛比也想见见女儿的新朋友，嘴里却说："你会见到他的。"

"什么时候？"

黛比还没来得及回答，埃米莉和萨姆突然出现在厨房门口。黛比心中一震，因为他们俩在一起的样子是那样甜蜜。

这个男孩，或者说是年轻人，看上去的确非常俊美。他长着对蓝眼睛，轮廓清晰，体格虽然比较瘦，却非常结实。而且他一点也不觉得自己帅，这从他的肢体语言可以看出来。

黛比马上看出这个男孩与众不同。怎么说呢……他很……奇特。黛比只能用"奇特"这两个字来形容。他不傻，但绝对过于紧张。他身上似乎缺了点儿什么东西。

黛比继续盯着他，审视着他。这不像是黛比一贯的风格。埃米莉终于忍不住了："妈妈？妈妈，这是萨姆……"

黛比的声音听上去有几分慌乱："萨姆，很高兴邀请你到这儿来。我是黛比·贝尔……"

总是在不断说话的杰拉德这时却安静下来，沉默地看着姐姐身边的高个子男孩。黛比又继续说道："这是埃米莉的弟弟，杰拉德。"

萨姆看了看杰拉德，对他微微一笑。对萨姆来说，有个不怎么说话的弟弟并不奇怪。况且他自己也连一句话也都还没说呢。

四个人尴尬地站在厨房里。这时地下室门开了，蒂姆·贝尔突然出现在众人面前。他一定是听到了上面的脚步声才上来的。他把自己的音乐工作室设在地下室里，周末的大部分时间他都会在工作室里作曲或编排合唱。

看见萨姆的时候，蒂姆同样沉默地盯了他两三秒钟。

然后他突然向前一步，朝萨姆伸出手来：“小伙子，很高兴见到你。”

一直紧盯着萨姆看的杰拉德终于发话了：“你看上去像是黑暗骑士。”

通常情况下，这种孩子气的话会使在场的每个人都发笑，但这次却没人笑。

杰拉德似乎说中了什么。萨姆虽然英俊得像个模特，但他身上的某种东西让人明白，他的生活可不是像在杂志上摆摆姿势那样简单——他似乎生活在矛盾之中，一举一动都有着受煎熬的意味。

虽然沙拉还没盛进碗里，蛋卷只烤了一半，鸡蓉也没有完全切碎，但为了缓和气氛，黛比还是说道：“好了，都准备好了，我们开吃吧。”

★

他几乎没动面前的食物。

这让黛比和蒂姆大为不解。一个身高一米八的十七岁男孩，怎么会不狼吞虎咽呢？而且，他的眼神中还流露出饥饿。

萨姆很有礼貌，不过明显非常紧张。在长达二十分钟令人透不过气来的晚宴中，他几乎没开口说话，即便是在他们直接向他提问时。

他们从十几岁男孩通常较感兴趣的话题问起：你最喜欢哪支运动队？萨姆说自己不喜欢任何团队运动。连杰拉德都觉得这个答案很奇怪。

接连问了几个问题以后，他们知道萨姆在家自学，但萨姆怎么也不肯告诉他们自己在家里都学到了些什么。

当问及家庭情况时，萨姆说他有个弟弟，没有妈妈。他们说想见见他的弟弟和父亲。他没有回应，只是比刚才看上去更不安了。

他的态度十分疏远，并不是不友好，而是难以接近。他说的是英语，但说话的方式完全和他们不一样。这样一来，就连喜欢抢话的杰拉德也沉默了。外面开始下起了毛毛细雨。突然，萨姆站了起来，说自己必须得回去了。他必须去电影院接弟弟，不能让弟弟在雨里等着。

他们提出开车送他到电影院，但他礼貌而坚定地拒绝了。

想到安全问题，埃米莉的妈妈突然问了一句："萨姆，你平时开车吗？"

他点了点头："开了很长一段时间了。"

这个答案让埃米莉的父母感到有些迷惑不解。他们原本以为萨姆只有十七岁呢。蒂姆追问："很长一段时间？"

萨姆再一次点了点头。"从十二岁时就开始了。不过只是爸爸的那辆卡车，没开过别的车。"

黛比声音一下子紧张起来："十二岁你爸爸就让你开车？"

回答这个问题的时候，萨姆很坦然："是啊，不过我不会把卡车单独开出去。我只是在爸爸让我开的时候才开。"

★

埃米莉觉得这次会面还算不错。想一想，开车的事虽说有点儿奇怪，但她知道萨姆曾经在墨西哥住过，还在农场和偏远的地区待过一阵。农场上的孩子们不是很小时就开拖拉机之类的吗？

埃米莉拿起一把雨伞，送萨姆走到街道的尽头。她再次提出，希望他能有个手机。可萨姆的回答还是，不太可能。那么，第二天能不能见面呢？萨姆说，可能不行。埃米莉本以为萨姆会对她父母、弟弟，家里的房子、狗乃至食物说点儿什么。但他没有。

萨姆只是看着她，一字一句地说："我从来没有认识过像你这样的女孩。"

然后，他离开了。

★

过了没多久，埃米莉便活力满满地走进了家门。萨姆对她来说是个谜，但不管怎么说，是她一个人的谜。她很高兴能在他身上有些新发现。

但接下来，父母脸上的表情改变了这一切。显然他们也认为萨姆是个谜——很多个谜。

"萨姆到底住在什么地方？"

"萨姆他爸爸在干什么工作？"

"他在这儿住了多久？"

"你见过萨姆的弟弟吗？他长得什么样？"

"萨姆为什么不肯跟我们解释在家自学的事？"

"他为什么不吃东西？"

"他说他从十二岁起就开始开卡车了，这到底是什么意思？”

她从来没有见过父母这样。杰拉德也来掺合，但蒂姆马上命令他上楼回自己的房间。

大家的声音都不自觉地抬高了。

“我们的生活经验比你丰富得多，看得出他不怎么……”黛比有些字斟句酌。

埃米莉回击道：“他怎么了？！”

蒂姆替黛比说完了这句话：“他不怎么靠谱。”

“不靠谱？什么意思？”

蒂姆坚持他的立场：“意思就是，他看上去不是那种会负责任的人。”

埃米莉盯着着他们两个。

“你们怎么可能从一顿饭就知道他负不负责任啦？你们知道些什么啊？”

黛比回答道：“关于他，我们唯一知道的事就是，他长得很好看。”她的眼睛盯着地毯，看得出，这是她下定决心要对萨姆进行的一次小型攻击。

埃米莉楞了一下，接着就反应了过来：“好了，我明白你们的意思了……你们是说，他长得那么好看，要不是有毛病，怎么会喜欢我？如果他喜欢布·查巴克，就是那个辣妹，你们就觉得他正常了，是吗？如果他还喜欢埃玛·阿莱格耶，连老师都和她调情的那个，那就更正常了，是吧？”

她的声音带上了哭腔。蒂姆也气了，喊回去：“不，当然不是！”

这时候，黛比本该出来打圆场。可她把头转向了一旁。她有了个模模糊糊的想法……但她还不知道行不行得通。

11

萨姆在雨中走了一个多小时，来到公园时已经浑身湿透。但里德尔不在那儿。他在公园里等了十五分钟，焦急地顺着街道向电影院跑去，心想会在路上碰到里德尔。

但他没碰到。萨姆一口气跑到了电影院，尽管是星期六的晚上，大厅里却空无一人。看来下雨天放机器人电影不是什么好主意。

里德尔不见了。萨姆的心跳加速，他开始觉得，这一整晚都是个错误！他不该去埃米莉家吃晚饭。虽然她的父母都在竭力表现得友好，但他们对他起了疑心。更糟的是，他们有权这么做。

现在，事情很简单，他不该把弟弟一个人留下。如果里德尔等得不耐烦，自己一个人回家了呢？一路漆黑，他万一迷路了呢？萨姆的心里闪过了比迷路更可怕的事。他跑出了电影院。

电影院与家的距离大约是三英里半，这段路程萨姆用了二十四分钟。他冲进门，喊着弟弟的名字，但没人答应。里德尔没回来，或者是回来了又走了，他没法知道是怎么回事。唯一的好消息是，克拉伦斯好像也没回过家。

萨姆突然想到了另一种可能。

他又冲进了雨里。这是今晚第二段三英里半的长跑了，再次到达电影院时，他衣服湿透，浑身发冷，筋疲力尽。兜里还剩下十美元，他用这钱买了张电影票。走过影院里的食品档时，他才忽然感到饥肠辘辘。和埃米莉的家人在一起时他紧张得全无胃口，而现在，他愿意用任何东西去换一块蘸了甜酸酱的鸡块。

也许找过里面之后，就可以把票退了。他可以跟退票的人说，这是“紧急情况”。如果不行怎么办呢，他不会撒谎。尽管有个以扯谎为生的父亲，萨姆却从来说不出一句假话。这是他人生中最为讽刺的一点，也许。

萨姆从双层门里挤了过去。放映厅里一片漆黑，萨姆在后排站了一会儿，才适应了这种黑暗。过了些时候，他在人影稀疏的观众席上找了个座位坐了下来。

没有里德尔的影子。

正要离开的时候，萨姆突然意识到，看上去空无一人的第一排其实有人占着。当时电影里放着机器人在暴风雪中的镜头，银幕上呈现一片白色，就在这片白光的映照下，第一排的座位上，好像耸起了一个什么庞然大物。

有人躺在那儿。

萨姆走下楼梯，看见弟弟在第一排座位上呼呼大睡。他面前正放映着多半是这天的第三遍机器人电影。里德尔拿电话本当枕头，把大衣当毯子盖在身上。他的3D眼镜掉在地板上，爆米花粒和包装纸散落在旁边的椅子里。

里德尔沉沉睡着，像个婴儿似的与世隔绝。萨姆摇醒他，把他带到大厅，在那儿他靠着游戏机又睡着了，似乎是太多的视觉刺激让他昏昏沉沉。萨姆走到售票处请求退票。经过一番死磨硬泡，经理最终同意退还了一半的票款。他买了个热狗，三口两口吃掉。然后，他走回游戏机那边再次叫醒了里德尔，但里德尔一秒钟后又重新沉入梦乡。

萨姆只好背起了他。黑色的夜空中，雨还在继续下着。

他费劲力气才把里德尔背回了家。就里德尔的年龄来说，他个子太小，但他真的很重。

★

克拉伦斯从来不制订任何计划。

他觉得这正是自己的巨大优势。没有计划，给他更多随机应变的空间，让他多次得以从险境中脱身。

为了以防万一，克拉伦斯备着好几套多余的车牌。他晚上会去停车场卸下别人的车牌，然后换上自己从拖车场弄来的作废车牌。令人惊讶的是，很少有人会注意到车牌被人掉了包，就那样堂而皇之地开上街，直到被警察抓住——那通常是很久以后的事了。

大多时候，克拉伦斯总会在卡车上放一些必备物品：两套藏在两满罐汽油下面的汽车牌照，一把手枪，两盒弹药，一根钓鱼竿，六本登着裸体女郎照片的杂志以及一加仑伏特加。此外，他一直都想在卡车上存一包咸脆苏打饼干，但每到半夜，他都会控制不住地将预备存储的饼干吃个精光。

以上都只是小事。现在，克拉伦斯发现他生活中最大的麻烦是高科技。

他搞不懂移动设备这玩意，但现在几乎每个人都有这该死的东西。貌似所有的东西都联在了一起。他们现在打个电话就能告诉警察，说他在没上锁的车库后面的巷子里瞎转悠。更糟的是，他们拿起该死的手机就能把他的照片拍下来。

接着他们就能把这些照片发给“坏人”。对克拉伦斯来说，世界上所有的好人都是坏人，而他自己，则是硕果仅存的一个好人。

世道真的变了。过去，人们总是对克拉伦斯这样的偏执狂敬而远之。但现在，许多人都想打探他的消息——或许还不止是打探而已。

这许多人之中，有一个叫山田宏。山田宏在俄勒冈州的梅德福开了家梅德福钱币公司。

十年以前，也就是克拉伦斯·波德尔带着两个儿子跑路，并开始自称为约翰·史密斯的那一年，他把一套印有印第安人头像的古钱币出售给了山田宏。

这套古钱币是克拉伦斯离家出走时从谢莉的内衣抽屉里拿走的，是谢莉的伯父吉米在她二十一岁那年送给她的生日礼物。吉米伯父生前从艾琳奶奶那里继承了这套钱币。艾琳奶奶喜欢收藏古钱币，但她也不是什么行家。1946年，她在一次搬家甩卖中买来个针线盒，在针线盒的最下面发现了一套1877年发行的印第安人头像钱币。

谁找到，算谁的。既然那个失去这些钱币的人也不知道他们曾经拥有过，艾琳奶奶便名正言顺地拥有了它们。没有人知道这些钱币价值连城——这倒是件好事。

约翰·史密斯自然也不知道。他把这些钱币放在一个毫无防护作用的蓝色纸质钱币盒里，走进了梅德福钱币公司。

在那之前，他差点儿犯下一个致命的错误。因为这些钱已经又旧又霉了，他决定在脱手之前，去五金店把它们打磨抛光。但当他走进五金店时，发现过道里安装了许多摄像探头；收银员面前又排了一队人，而他最讨厌的就是等待。

这一次，是天性的懒惰救了他。因为如果把钱币抛光，它们就将毫无价值。

山田宏沉默地检查着这些钱币。约翰·史密斯大声招呼着两个孩子回到车里去等他。小的那个孩子明显得了重感冒，山田宏觉得不该把这样的孩子放在车里，而是应该让他躺在家里温暖的床上。从孩子的体形来看，也许放进婴儿床还更合适。

山田宏不喜欢约翰·史密斯。这些钱币显然不可能是他收集的，因为他对钱币根本一窍不通。这男人声称这些钱币原本属于他妻子，妻子离世后把钱币和两个幼小的男孩留给了他。山田宏却断定它们是偷来的。

山田宏决定买下这些钱币，但他耍了个小把戏。他付给约翰·史密斯相当一笔钱，但这笔钱远不足以和他手中这些钱币真正的价值相提并论。

那天下午约翰·史密斯带着五百美元现金、一瓶圣约瑟夫儿童阿司匹林（这是山田宏硬让他拿上的）以及山田宏才买了两个星期的墨镜出了门。确认山田宏看不见他以后，克拉伦斯快活地笑了起来。他刚做了笔好交易，还顺手牵羊了一副漂亮的墨镜，他心满意足了。

山田宏注视着这枚钱币。虽然还未经美国钱币协会认证，虽然市场上还泛滥着大量的1877年版假币，但山田宏知道，他眼前的这枚货真价实。最差的1877年版银币也值四千美金，而这枚品相上佳。那就意味着它值三万美元左右。

山田宏把银币放进树脂玻璃护封。也许会花很长时间，但他知道，他终将查出这枚詹姆斯·巴顿·朗艾克设计的珍稀钱币的来历，并将它物归原主。

12

这些天，贝尔家的气氛冷得吓人，家具、房间、地板上好像都结了一层霜。不过显然重灾区还是在厨房，因为那是一家人聚餐的地方。原本其乐融融的气氛无影无踪，毫无感觉的人可能只有杰拉德。他倒很高兴没人管他，可以在饭桌上玩电子游戏，还可以用脚踢踢桌子底下的狗。

星期二放学后，萨姆去见了埃米莉。他们一起去河边散步时，埃米莉给了萨姆两样东西：一块原本属于哈里爷爷的手表和一部新的手机。

萨姆一样都不肯收。埃米莉说那块表是爷爷送给她的，太大了她戴不上。而手机，在家里的气氛这么沉重的时候，她需要每天跟他说说话。萨姆好歹是答应了，但他坚持，他只是借，而且一定会还回去。他还是不想要那块表，但埃米莉趁他不注意塞进了他旧外套的口袋里，而他直到回家后才发现。

萨姆把表套上手腕。那一瞬间他心中五味杂陈：开心，是的；可同时又感到沉重，因为他知道自己无以为报。

第二天，蒂姆和黛比打不通埃米莉的手机。她告诉父母她把手机忘在学校的更衣箱里了。足球训练课结束以后，因为没有顺路的人带她回家，她才用索菲·沃尔夫顿的手机给家里打了个电话。星期五那天，黛比又没打通她的手机，埃米莉说她弄丢了充电器。她沉浸在这个新的游戏中，乐此不疲，也许正因为她过去从不说谎。

蒂姆和黛比把不肯接电话看做是埃米莉反抗的又一种表现。他们根本不知道，埃米莉一整天要和萨姆通上好几次话，晚上睡觉前更是聊个没完。四年前埃米莉的房间里就装了电话，她那时还嫌没用，现在却整天用它煲电话粥。

而埃米莉的手机也给萨姆带来了意想不到的感觉。头三天，他只是用它接接埃米莉的电话而已，但三天以后，他就开始往外拨电话了，当然他只拨给埃米莉。他很快便惊异地发现，把手机藏在破口袋里让他感到非常心安。这是他的秘密，而这个秘密给他一种强有力的感觉。这是他第一次感觉到自己并非孤立无援。

晚上当埃米莉给他打过来的时候，在潮湿寒冷的空气里，萨姆会跑到屋子后面的小巷中，坐在一个垃圾桶上。因为大多数晚上萨姆都会出门弹弹吉他，所以克拉伦斯也不会追问他的行踪。

在电话中，埃米莉轻声告诉他一天发生的所有事。而萨姆也如法炮制，特别注意地不遗漏其中最具戏剧性的那些细节——里德尔连续三个小时不停地流鼻血，凌晨四点他爸爸拿着一大摞别人干洗的衣物进了门。但他没说到自己去垃圾场干了两个小时的活，在那儿帮人把一卡车含有石棉的（他对此一无所知）旧吸音天花板卸下了车。

他告诉埃米莉他和里德尔去了湖边，好不容易抓了一条鱼，里德尔却坚持把它放了回去。但他没说自己本想把那条鱼煎了吃掉。

他告诉埃米莉，他用吉他写了一首新歌。他还提到这天他看了本关于一群人乘公车游遍全国的书。但他没说，那本书是他从一个棕黄色纸包里翻出来的，那纸包被人丢弃在路边。

埃米莉告诉他各种事，关于其他人的、朋友的，甚至陌生人的，事无巨细。她低声说着各种小秘密，却没有意识到，虽然萨姆也对她诉说着一样的琐事，但就像魔法拼图一般，他还是把她挡在了自己的真实生活之外。

★

因为新赛季还没有正式开始，所以，埃米莉所在的足球校队也没开始真正的集训。队员们只用每周集合三次，绕操场跑圈，进行耐力和冲刺训练。按照训练章程，现在她们连球都不该碰。

不过她们当然不会按照规矩来。一小时筋疲力尽的奔跑训练之后，队员们会进行三十分钟非正式的分组对抗。埃米莉的表现不算突出，不过，她灵活的步伐和迅速的跑动，也帮助了自己这队避免溃败。

周二那天，萨姆和她约好训练结束之后碰面。不过他早到了十五分钟，于是他远远地站着，斜靠在齐肩高的铁丝网上。

踢前锋的哈莉·科尔布首先看到了他。珍妮·曼恩给哈莉传了个球，但这时哈莉的视线还没有从萨姆的身上撤回来。于是她向前俯冲，险些失去了平衡。

哈莉摇摇晃晃地后退了两步，觉得自己简直太丢人了。她有个交往了七个月的男朋友，从那时开始，她对漂亮男孩甚至都不会多看一眼。

但这次完全是个例外。

这家伙肯定是个明星。也许他正在参加某个电视真人秀，他被节目组安排在这里观察她们的反应。太好了！如果刚才一幕出现在荧幕上，大家就会看到她像个十足的傻瓜。

哈莉慢慢跑向埃米莉，她们都全身是汗。哈莉上气不接下气地说："别回头！我跟你说，你身后靠在铁丝网上的男孩，可能是全州最帅的家伙。"

埃米莉情不自禁地把头转了过去。哈莉忍不住尖叫一声："我不是叫你不要看嘛！"

埃米莉冲她笑了笑。接着哈莉看着她穿过场地，向穿着格子衬衫的"明星"跑了过去。

哈莉愣愣地站在那里，其他队员也停住了奔跑。二十一个女孩呆若木鸡地看着这个俊美得如希腊神祇般的家伙把手臂搭在了埃米莉的肩上，把她拉向自己，隔着破铁丝网，给了她一个她们有生以来见过的最甜蜜的吻。

尽管埃米莉还是个新人，尽管她在球场上表现并不出色，但第二天，全队还是把她推举为新赛季球队的队长。

★

那天下午不能把目光从埃米莉和萨姆身上移开的，还有一个人。他站在远处，看着两人深情相拥，惊得目瞪口呆。

鲍比。

埃米莉知不知道这家伙住在尼德尔巷尽头的一个小"窝棚"里？该不该警告她，那一带的人形迹可疑？

埃米莉究竟知不知道这家伙的来头？

最后鲍比决定，他必须把这些事情告诉埃米莉。问题在于，他必须表现得好像不经意。

★

黛比和蒂姆坐在车里，从蒂姆执导的校园经典音乐会上往家里赶。夫妇俩渐渐意识到，萨姆的出现快要把他们弄得筋疲力尽了。

黛比长叹了一口气，像是被打败了。

“我们不能禁止埃米莉和他见面，埃米莉毕竟已经十七岁了。”

蒂姆点了点头：“强行禁止的话只能让他们更加靠近。”

“所以，我们需要新的策略。”

蒂姆把目光从方向盘移向自己的妻子：“什么意思？”

“我们应该把他完全包容进我们的生活里。”

蒂姆把注意力转回到眼前的马路上：“你是想利用逆反心理吗？”

“不，我利用的是人的本性。假如像我们所猜测的，他真有什么问题的话，我们就必须把这些问题找出来。我们不能不带武器就上场作战，我们需要了解更多的情况。”

蒂姆点头同意。他的女儿最近变得有些不可理喻，这把他的家庭生活搞得一团糟，而她曾经是这一家人欢乐的源泉。

回到家以后，黛比和蒂姆告诉埃米莉，说他们意识到自己之前有点不公平。现在他们想通了，很高兴看到埃米莉这么喜欢萨姆，愿意接纳他成为家庭的一分子。

埃米莉不相信他们，但她什么话都没说。他们原本是一个气氛和谐的家庭。毕竟，她的父亲是教音乐的。

当第二天下午萨姆来看埃米莉时，为了最终把萨姆从这个家赶出去，蒂姆·贝尔摆出了一副愿意了解萨姆的样子。他还自告奋勇地把这个高个儿少年带到地下室，让他参观自己的办公室。

★

萨姆不愿意和他下到地下室去，但他没有其他选择，因为埃米莉的父母突然夹馅饼似的把他夹在中间，爬下了陡峭的楼梯。萨姆的大半辈子都是在地下度过的，直觉告诉他事情会不妙。

但是，蒂姆的地下室不是拷问屋，而是间录音房。十几种不同的乐器散落在地下室里的各个角落，房间里还堆放着大量CD唱盘，书籍和电脑设备占据了剩余空间。

家里的其他人对蒂姆的兴趣爱好不太感兴趣。

但萨姆却很感兴趣。

他以前从来没见过类似的地方。蒂姆摆出一副教授派头，开始就五线谱、网络作曲、使用电子键盘等问题高谈阔论。萨姆心不在焉地听着，断断续续地理解了蒂姆讲的小部分内容，但眼睛却一直盯在地下室角落里靠在架子上的一把长吉他上。

埃米莉不耐烦地站在最下面一级台阶上。以前她从来没有正式涉足过这个房间。最后她终于忍耐不住了，毫不客气地打断了爸爸的小型演讲：“爸爸，谢谢您让我们参观……”

埃米莉向萨姆递了个地球人都懂的眼神，示意他“我们走吧”。但萨姆肯定不明白她的意思，因为他转向埃米莉的爸爸问道：“能让我看一眼你的吉他吗？”

蒂姆放弃了自己的软件讲座，他眉毛扬起，摆出一副质疑的态度：“你会弹吉他吗？”

萨姆点点头，小心翼翼地说：“我稍微自学了一点儿……”

蒂姆穿过地下室，把他最珍视的马达加斯加马丁·马奎斯吉他从地上拿了起来。这把吉他是用红木制成的，比这个家里的任何东西都要贵，它是蒂姆的骄傲。

黛比突然紧张起来。

埃米莉也是。

萨姆会把吉他怎么样呢？扔到地上吗？他应该不是这种莽撞的人。埃米莉瞟了父亲一眼。他不太情愿地把吉他递到萨姆手里，看上去充满了担心。

萨姆以前从来没拿过这么值钱的东西，他似乎马上就领会了它的价值。他伸出手，把吉他还给了蒂姆，埃米莉松了一口气。她这才意识到，自己从刚才就一直屏住了呼吸。

萨姆喃喃道：“它太炫了。真的，谢谢你。”

蒂姆沉默地点了点头，接着，他温和地说了句令自己也大吃一惊的话：“拿着它，试着弹一两个音符。”

萨姆这下为难了。

是应该把吉他还回去呢，还是该试一试？怎样才能取悦这个戴着圆形线边眼镜、穿着灯芯绒长裤的严肃男人呢——试还是不试？

无从知晓。

终于，萨姆做了件自己梦寐以求的事情。他坐在身后小沙发的扶手上，开始弹奏起来。

13

萨姆的音乐教育——如果那也称得上是教育的话，是从五岁那年开始的。那一年，谢莉的母亲，他的外婆，在一把四弦贝斯上教会他了几个基本的和弦。

自从克拉伦斯把他和弟弟从后院的浅水池里捞出来，塞进那辆永不回头的卡车之后，足足有一年，萨姆没有再碰过任何乐器。

当他再一次触摸到乐器的时候，有种得到救赎的感觉。

那是当他们住在斯波坎①的一幢公寓楼里的时候，住在他们楼下的老头喜欢弹滑音吉他。老头是个瞎子，只有音乐能为他丈量周遭的世界。从第二次听到他弹吉他起，萨姆就深深地爱上了古典的蓝调音乐。

四个月之后，克拉伦斯开着卡车离开斯波坎，八岁的萨姆终于拥有了一把自己的破吉他，那是老头送给他的礼物。

① 美国华盛顿州城市。

这些年来，那把吉他一直跟随在萨姆左右。他每天都弹，接连不断地弹上好几个小时。当别的孩子沉迷于少年棒球和任天堂玩具中时，曾是萨姆·波德尔的萨姆·史密斯，不仅可以弹出他从收音机里听到的音乐，还无师自通地学会了谱曲。

他没有踢破过任何一只足球，却弄断过不知多少根汗津津的琴弦。

现在，在贝尔家的地下室里，他闭上眼睛，任由旋律从心底流淌而出。

萨姆一直弹了九分钟。在这段时间里，黛比一直靠在墙上，一动不动。

蒂姆极力抑制着眼眶中的泪水。十八年了，他一直在贝恩大学教授高阶音乐课程，在四十四岁这年荣升音乐系主任，但迄今为止，他没有任何一个学生，有坐在他家沙发上这孩子的天赋。

★

蒂姆开车把萨姆送回了家。但他不知道，萨姆下车的地方，离他的住处还有四个街区。

萨姆并非有意撒谎。蒂姆想把自己的山地车送给萨姆，但萨姆说他不会骑车，这件事让杰拉德诧异坏了。回家的路上，萨姆和埃米莉坐在后座上，杰拉德则坐在副驾驶座上。蒂姆指点着萨姆如何在希亚德路坐上4路公共汽车，怎样在距离贝尔家两个街区的地方下车。总之，他们不希望萨姆以后为了来见埃米莉就走上一两个小时。

在蒂姆开车把萨姆送回家之前，黛比拿出部手机，交给了萨姆。那部手机她原先总放在车里，以备不时之需。但是现在，显然是和萨姆保持联系更加重要。

在车道上，萨姆握住埃米莉的手，悄悄把她的手机还给了她。那一刻他感到，世界总算不再和他为敌了。

★

在萨姆弹了吉他以后，一切都变了。

那天晚上，送走萨姆以后，埃米莉站走廊里，听父母在厨房里关着门说话。蒂姆的声音快速而高亢。

“他完全是原生态的，原创者，创新者！他的指法和吉米·亨德里克一样纯熟，蓝调的演奏技法堪比瑞·库德尔。他是一个天才！”

“他是个真正的音乐家……”黛比认同。

“不，音乐家这个词都不足以形容他。我不知道埃米莉是怎么发现这孩子的，我不知道他是从哪儿冒出来的，但他一定能登上巅峰！”蒂姆激动地补充道。

“好了，他现在还只是个孩子而已。他还——”

黛比试图让丈夫冷静下来，但蒂姆打断了她的话。“我要把他招进贝恩大学的音乐系！因为他是在家自学的，所以还得让他接受基本教育。他一定会顺利通过考试，之后——”

这回轮到黛比打断他了。

“蒂姆，你又自说自话了。你首先必须得知道萨姆一家人的态度。你得和他父亲谈谈——”

这些话蒂姆一句也听不进去。他对萨姆·史密斯的音乐前景充满了期待。

埃米莉悄悄从门边走开。

爸爸给她的男朋友制订了一个庞大的计划，忽然她担心，也许这种支持比反对还要麻烦。

★

里德尔比任何人都更了解什么是改变。在萨姆意识到自己变了之前，里德尔早已察觉。

里德尔看着一队蚂蚁在铁锈色的泥土上弯弯曲曲地行进，最后钻进一个小洞里。他身后，萨姆正站在野草丛中，对着手机说话。但里德尔没有听见他在说什么，他也不想知道。

现在的他来去不定。他的心不在我这里。

即使他在我身边，某一部分的他也已经离我而去。

他准我去的地方，我才能跟去。

就像蚂蚁。

萨姆是世界上唯一在乎我的人。

如果失去了萨姆，我将一无所有。

里德尔低下头，把耳朵紧贴在土地上。泥土又湿又冷。现在蚂蚁和他在同一水平线上。凑近了看，它们似乎是瞎的，用前凸的触角探路，通过嗅觉、触觉和味觉前进。

里德尔记得萨姆曾经告诉过他，蚂蚁是成群结队寻找食物的。他记得蚂蚁会从其他蚂蚁那里偷食物，并把它们捉来当奴隶。

此刻，他从地上蚂蚁的角度看去，背后远处的哥哥变小了。

有人把我的萨姆抓走了吗?

难道他现在已经是奴隶？

★

贝尔夫妇想和萨姆的父亲见一面。

不可能。

这种事绝不可能发生。他们提了一次、两次、三次，但答案却永远是不、绝不、永不。

他爸爸毁了一切。向来如此，永远如此。

蒂姆和黛比转而想和他弟弟见上一面。他们提了好几次，最后他说他会考虑一下。他最终同意了，抱着一个希望，也许他们看到里德尔之后，这一切就会打住。他们不会再向他提问，因为他们会了解，他的生活并不只属于自己一人。

如果不是为了埃米莉，萨姆会把手机和金表扔在房子前面的草坪上，永不回头。

★

埃米莉知道，自从那晚萨姆弹奏吉他以后，一切都突然改变了。现在，蒂姆表现得像个任性的孩子，埃米莉反而成了家长。埃米莉觉得，现在自己的责任是体谅蒂姆，不要太激进，一切要慢慢来。

这个星期天，萨姆和弟弟要来贝尔家吃晚饭。虽然才刚到春天，他们还是在花园里架起了一个野餐桌。因为萨姆说过，在屋外吃饭会让里德尔放松一些。

萨姆仍旧不肯谈及他的父亲，埃米莉现在已经接受了这点。也许是因为他已去世的母亲吧，也许萨姆是在怨恨父亲最后时刻没有照料好自己的妻子。黛比在医院工作多年，她对埃米莉说，这种事情她已经司空见惯。

但萨姆对弟弟的态度却不一样。他总是向埃米莉讲述弟弟的琐事，埃米莉渐渐了解到，把里德尔的事告诉她，对萨姆来说，意义重大。

这意味着，萨姆真的很在乎她。

★

他们早到了。

这天萨姆和里德尔去了自助洗衣店，这样他们就能干干净净地去做客。

正午时分，萨姆在龟裂的厨房石头案板上放了张十美元的纸币，知道克拉伦斯这个天生的小偷会带上它就此消失一阵子。这样一来，整个下午他们就能摆脱他的烦扰，好整以暇地出发。

他们坐上公共汽车。里德尔抱着他的电话本，眼睛一眨不眨地看着窗外。萨姆向他解释过，这是要去见萨姆的新朋友。就是那天夜晚在雨里见过的那个女孩。

里德尔记得。因为他什么事都不会忘。不过他没有说，只是一如往常地把它默默记在心里。

他们会和新朋友一起吃晚饭，然后搭公车回家。

公车靠站刹车时，会发出一声巨大的叹息，并伴随着吱吱呀呀的声音，每到这时，里德尔就会笑起来。呼哧，吱吱，笑——里德尔把这看成是一种玩乐。

萨姆在旁注视着他。弟弟的行动虽然我行我素，不可预料，但实际却是一个很容易被看透的人。

★

埃米莉家的狗拯救了这次会面。

相比于人类而言，里德尔更善于和动物接触。比如说，贝尔家那条九岁的卷毛拉布拉多混血犬菲利克斯。

埃米莉到前院迎接他们，出门时她把菲利克斯带在了身边。里德尔立刻伏下身子迎接狗狗，似乎根本没注意到埃米莉。

里德尔的头像菲利克斯一样一上一下摆动着。埃米莉起初觉得这可能是个巧合，但接着就马上意识到里德尔正在模仿着菲利克斯，并且在期待着它的下一步动作。

那段时间显得特别漫长，直到萨姆轻声说："里德尔，这是埃米莉。你见过她，我还把她的事告诉过你。我们将要在这幢房子里和埃米莉一起吃饭，希望你能跟她问声好。"

里德尔抬起头看了埃米莉一眼，简短对视了一下，然后马上移开了视线。

这就算打过了招呼。

进门以后，里德尔一直粘在萨姆身边，目光则一直聚焦在菲利克斯身上，看起来既没有不高兴，但也谈不上高兴。

蒂姆和黛比做了自我介绍，并欢迎里德尔到家做客。杰拉德则缩在房间对面的角落里远远地待着，估摸着状况。里德尔把他吓到了。

之后众人都转移到外面的野餐桌那里。黛比和蒂姆回到厨房去拿食物。

虽然其他人都在外面，可黛比对蒂姆说话时，还是压低了声音。

“那孩子有发育障碍，不知是孤独症还是亚斯伯格综合症。”

蒂姆望向窗外。餐桌边，萨姆、埃米莉、杰拉德正在交谈。里德尔坐在萨姆的右边，正在给趴在餐桌下的菲利克斯喂土豆片。蒂姆见状耸了耸肩。

“我们才见过他一面。现在就给他贴标签未免太早了点儿。”

但黛比就是习惯快速地下判断，或者说，诊断。她接着说：“他有某种呼吸道疾病。他得了哮喘，也许哮喘和过敏都有。我不知道他进行过哪些治疗，希望他有个管用的人工呼吸器才好。”

说着，黛比把冒泡的意大利千层面拿出烤箱，然后把热腾腾的鱼放在碟子上。

“看到他那本旧电话本了吧。对他来说这是某种安全防护。”

蒂姆把视线投向窗外，没有见到黛比所说的电话本。他通常能注意到的东西还不到妻子的一半。过了一会儿，他们端着食物走进院子，把意大利千层面、沙拉和蒜蓉面包分发给大家。

这些年来，萨姆和里德尔吃的一直是加油站柜台里的那种东西，对其他的食物都不熟悉。因为烤意大利面看上去跟浇层肉末的通心粉差不多，所以他们就吃了。里德尔还分了一半给菲利克斯。

里德尔总是把一半的食物分给狗，杰拉德两次试图表示不满，都被他父母压了下去。与此同时，尽管埃米莉一再暗示不要问问题，但蒂姆和黛比就是一直在向里德尔发问，而回答问题的一直是萨姆。

里德尔本人似乎对这些问题并不介意。除了吃饭喂狗以外，他还喝下了两大杯牛奶。他在杯子里放了两大块冰。

为了缓和气氛，黛比比平常更早地端出了“垃圾”蛋糕。

只有在特殊场合，黛比才会做这种蛋糕。说来有点儿奇怪，因为“垃圾蛋糕”比其他任何蛋糕都容易做。埃米莉转身对萨姆和里德尔说：“这就是妈妈拿手的‘垃圾蛋糕’。”

萨姆和里德尔对视了一眼。这些人去过垃圾场吗？不太可能。

黛比拿起蛋糕铲，把蛋糕切成一块一块。

“你得先取出一盒黄面包粉，接着把一罐樱桃和一罐碎菠萝片倒在里面。”埃米莉在一旁解说。

“然后再把一包切碎的椰子肉和两根溶化奶油放进去。”黛比补充道。

“听起来似乎有点儿疯狂，但最后你可以把它们都放在平底锅里烤一烤。”

黛比给每人都分了块“垃圾蛋糕”。虽然名字不太好听，但从里德尔咬下蛋糕的第一口起，大伙就看出，里德尔喜欢上了这种甜食。当然，他一贯爱吃甜食，因为从小他便靠着吃糖来抵抗饥饿。

吃完一块以后，他把空盘递回给黛比。他没有笑，但眼睛里却饱含着笑意。那笑意终于让埃米莉长出一口气，放松了下来。

里德尔没有把第一块蛋糕分给菲利克斯，但他把第二块循例分给了它一半。两小时后，菲利克斯把晚饭吃的东西呕吐在贝尔家洗衣房还没有洗过的那蓝色脏袜子上。

晚饭以后，杰拉德走进屋子，从里面拿出一本全新的威瑞森电话本。他把电话本交给里德尔，里德尔非常开心。杰拉德甚至直视着里德尔，就事论事地说：“我正好需要一本新的。”

接着里德尔打开自己带来的电话本，让杰拉德欣赏自己花了几千个小时画出的精巧复杂的机械草图。杰拉德朝里德尔靠近了一些，现在他不再害怕里德尔了，而是心中充满敬畏。

蒂姆从饭前妻子和女儿在他身上施加的无形枷锁中解脱出来了，他走进房子，拿出了他那把宝贝吉他还有一把低音贝司。他把吉他递给萨姆，自己则弹起了贝司。屋外变得越来越冷，但他们却弹奏得不亦乐乎。

里德尔在杂志上看过一枚巡洋导弹的结构图，他开始凭记忆在电话本上画了起来。杰拉德瞪大了眼睛，因为他家的院子里根本就看不见巡洋导弹的影子。

黛比拿把椅子坐在里德尔对面，看他画画。

菲利克斯钻进夜色中，想吃些草来抑制逐渐加剧的胃疼。

埃米莉有些哭笑不得地看着这群人，觉得他们就是一堆一堆以人为原料的“垃圾蛋糕”。

14

十天以后，鲍比继续着他在第一桩侦探案件上的调查。他对尼德尔巷上那幢破房子的产权做了番查探，发现它不仅丧失了抵押品的赎回权，而且还在就其权属进行着诉讼。

不仅如此，当鲍比给银行打电话说他想租那房子时，银行告诉他这幢房子已经发霉了，不适合人类居住。

既然这样，为什么还会有人住在那里？

通常鲍比放学后会做些举重练习，但周四那天他却决定做番调查。这次他可中了大奖。

鲍比把车从里瓦尔路拐进尼德尔巷，看见两个男孩正在沿着马路朝前走。鲍比把车停在路边，观察着他们的举动。

里德尔拿着个电话本，但这次是本新的。这回他还带上了一件让鲍比更感兴趣的东西：充满氟代烷烃的无害型吸入器，里面充满了沙丁胺醇。

和里德尔见面的那天晚上，黛比坚持由她来送两个男孩回家。不能搭乘咯咯吱吱的公共汽车回家，里德尔感到非常失望，不过他当然一句话都没有说。

埃米莉与萨姆兄弟也上了车，他们马上发觉黛比另有安排。黛比直接把车开到医院。然后，她费了好大工夫才把三个孩子弄下车，请进医院大楼。

黛比向警卫出示了雇员标志卡，解释自己希望让三个孩子快速参观一下自己工作的地方，然后通过医院后门走进了急诊室。

这天是霍华德医生值班。戈迪·霍华德是黛比最喜欢的医生之一。

黛比请求霍华德医生抽出十五分钟，看看里德尔，就算帮自己一个大忙。

没有表格，没有父母签字，没有纸面文书，这件事仅仅是医生在为一个不认识的孩子做检查，而这个孩子自从两岁生日打过预防针以后，就再没进过医院。

里德尔在整个问诊过程中一直沉默不语，萨姆代他回答了霍华德医生提出的所有问题。

霍华德医生的诊断证实了黛比的预判：是哮喘。里德尔的哮喘因为伴随了某种程度的急性过敏而变得有些麻烦。霍华德医生希望萨姆带着里德尔去十一街上的肺科专家威廉·王那里进行进一步治疗。

霍华德医生把诊断写在转诊表格上，然后从药橱里拿出两支沙丁胺醇吸入器塞进黛比手里，在备忘录上标注着是黛比·贝尔申领给里德尔·史密斯用的。

离开贝尔家的时候，黛比让里德尔带了块蛋糕（用锡纸包好，然后放在纸盘子里让他带回家吃）。检查的时候，里德尔不肯把蛋糕放在车里，而是始终把蛋糕抓在手里。

他们互道了晚安（只有里德尔什么都没说），然后沿着医院的后走廊向门外走去。里德尔突然停住脚步，他转过身走到霍华德医生面前，默默地把纸包的蛋糕递给了她。

★

在进行了十天的沙丁胺醇治疗后，里德尔感觉到自己似乎能够顺畅地呼吸了。那些像毛毛球一样堵在胸口和喉咙后部的浓厚痰液，好像变得稀薄了一些。

他现在的感觉非常怪，这简直疯狂透了。

好像有人在他的胸膛上坐了整整十年，现在突然决定从上面跳下来一样。里德尔已经习惯了绷紧的胸膛、巨大的压力和从喉咙里慢慢挤出一口气的感觉。能够自由地呼吸空气几乎使他感到一阵晕眩。

萨姆看着弟弟，他很想知道里德尔以前总是说话不多是不是胸膛上承受的压力过大的缘故。

因为里德尔现在能说话了。

里德尔可以把脑子里的想法完整地表达出来，不像以前那样只是在有需要和害怕的时候才说。他说的大部分都是重复的想法，甚至有时非常固执。但他并不像跳跃出水的鱼，嘴巴开闭个不停。他只是有着自己的想法和主见，现在想把它们说出来分享，有时会一遍又一遍。

那天早上他们睡得很晚才起床。起床以后，吃了半盒没加牛奶的燕麦片，各自喝了罐百事可乐，然后一起去了垃圾场。

萨姆用了一个小时帮着一个怒气冲冲的家伙从一辆优豪租赁公司的卡车上卸下了满载的拆迁物资。那家伙给了萨姆三块钱。虽然不多，但总比没给好，但让他们吃一顿饱饭还是太少了。

萨姆和里德尔走回尼德尔巷时，不知道鲍比正在窥视着他们。

以前，陆军工程兵部队把这里的积水排到水库之前，这条死胡同经常脏水泛滥。即便多年过去了，还是留有痕迹。这里的土壤松软，洪水留下的积土也很肥沃，但无人料理，野草丛生。

尼德尔巷的房子大多建于二十世纪四十年代，没有一幢房子保存完好。九月时，萨姆住处附近的一幢房子被查出是出售毒品的据点，于是被拆了，有人在那幢房子的周边用油漆喷上了一张开心的笑脸。

萨姆和里德尔经过那儿，里德尔举起吸入器说："里面的东西吸完以后该怎么办？"

萨姆考虑了一会儿。

"你不是还有一个嘛。"

这个回答没能让里德尔感到满意。

"第二个再用完了该怎么办？"

萨姆回答说："我们会帮你弄个新的。"

里德尔陷入了苦恼。

"从给我们做甜蛋糕的夫人那里弄吗？"

萨姆点了点头。

"她是埃米莉的妈妈黛比，黛比·贝尔。你知道的。"

里德尔的焦虑没有减少。

"要是他把我们带走该怎么办？如果我们再也找不到甜蛋糕夫人，找不到黛比·贝尔该怎么办？"

萨姆沉默了。他一点儿都不知道当克拉伦斯要离开时他们该怎么办，而且他肯定会这样做的，今天，明天，任何一天，他们随时可能再次踏上逃亡之路。

★

鲍比看着两个男孩悄悄走进路尽头的那幢房子。没过多久，一辆卡车出现在街道上。鲍比在驾驶座上把头低下几公分，从背包里拿出几张纸。当黑色卡车从他身边经过，开进最后一幢房子门前的车道时，他假装在认真读着眼前的纸张。

鲍比看见一个男人从车里出来，他四十出头，又高又瘦，轮廓非常鲜明。他飞快地从背包里掏出手机，趁着男人向屋后走去的当口拍了张照片。

男人突然转过身来，鲍比猝不及防，手机还在手里举着，他干脆又按了下快门。男人轻蔑地瞪着他。鲍比放下手机，连忙发动起汽车。接着男人便转身朝屋子里走了过去，鲍比把脚放在油门上，克制住慌乱情绪，尽量以正常速度把车驶离了路边。

鲍比一只手把着方向盘，另一只手在每周犯罪报告附带的地图上抄下了车牌号码：7MMS 924。然后他又记下了卡车的颜色、型号和制造商。

他又飞快地记录下在车辆后部有两处凹陷，副驾驶一侧的后视镜也是碎的，就像他父母的车一样。

直到开过三个街区，在红灯前停下时，他才看了看刚才拍下的照片。

快照里的男人显得个子很小，而且又在阴影里。但即便隔得很远，也能清楚地看出，他很吓人。

★

萨姆对上学的主意很感兴趣。这不光是为了自己，也是为了他弟弟。

不过，他对那些看似自己完全难以办到的事情，都非常感兴趣。他曾经想过要在月球上行走，但这并不意味着他会采取任何行动去实现这样的事。

可现在有人在为他采取行动了。

蒂姆对萨姆非常关心。

黛比对里德尔非常关心。

杰拉德非常佩服萨姆，对里德尔画的那些令人着迷的草图更是心存敬畏。

菲利克斯喜欢萨姆，对里德尔更是粘着不放。

埃米莉发现自己越来越控制不住形势了。家人的执迷让她感到了一丝畏惧。

星期二放学以后，埃米莉发现家里空无一人。杰拉德练篮球去了。父母还在上班。她给萨姆发了条短信，但没有收到回音。

她把狗从后院放进屋里，然后走进厨房给自己做了块吐司。黛比的手提电脑放在厨房，埃米莉打开想上网。

屏幕上出现了黛比·贝尔关电脑时曾浏览过的网页。埃米莉看见网页上显示着：

报名进公立学校需要具备：

年龄、身份、住址和免疫证明：

至少需要下面的一至两项：

· 出生证明

· 护照/签证

· 医院证明

· 体检证明

· 家人履历

· 受洗证明

· 父母的承诺书：合法的身份确认

为学生报名的人必须提供合法的身份证件及其同学生的关系。

为学生报名的人必须提供合法的身份证明及其同学生的关系。如果报名者不是学生的父母和法定监护人，报名者则必须填写学籍关系表格。表格中包括报名者的：

· 有照片的证件

· 驾驶执照

· 护照

· 永久居留证

· 入籍纸

· 出生证

· 法庭令

· 分居或离婚证明

有效的居住证明。

· 户主：报名者是户主的话，需要出示当年的不动产税缴税证明。

· 租户：如果借期少于一年的话，需要出示现今的租约。

如果借期多于一年，需要出示租约和物业账单。

· 无家可归者：如果你是无家可归者的话，可以去市政厅填表进行此流程。注意：需要进行庭审或听证会。

· 身体检查和免疫证明

学生第一次进入公立学校以及从私立学校转入公立学校的时候需要进行身体检查。身体检查必须在入学之前完成。

保证遵守现行的所有免疫条款。

埃米莉合上笔记本电脑，拿起手机给萨姆发了条短信。短信的内容如下：

我得跟你谈谈。

15

萨姆和里德尔出了门。天已经黑了。他们经过那辆卡车的时候，驾驶座一侧的门突然开了，重重地撞在萨姆的膝盖上。

萨姆往后踉跄了一步，脸上的肌肉痛苦地抽搐起来。他身后的里德尔像只受惊的小猫一样跳进了黑暗的阴影中。

克拉伦斯出现了，他站在敞开的车门后瞪着两个男孩。他的嗓音紧绷，却没有完全失控。

“你们俩这是要去哪儿呀？”

萨姆看着父亲，敞开的车门隔开了他们俩，但他能看到，克拉伦斯的手里拿着把枪。

“去找些吃的。”

“是吗？去哪儿找？”

萨姆直直地盯着父亲。他不能对世界上的任何一个人说谎，但对自己的父亲，他却怎么都说不出实话来。

“我们准备先去7–11便利店瞧瞧。”

克拉伦斯的眼睛死死地盯着两个男孩。黑暗里，里德尔把目光投向远处，头颅以一个奇怪的角度耷拉着。

但萨姆没有回避父亲的目光。

两人僵持了一阵，克拉伦斯选择了让步。他关上了车门。萨姆艰难地从卡车和画满涂鸦、油漆脱落的旧墙壁之间的缝隙中穿了过去。里德尔紧跟在他的身后。

萨姆看见了父亲颤抖的双手中拿着的那把枪，不过他并没有止步。

没过多久，两个男孩走上了人行道。

直到他们走到巷口，克拉伦斯才把枪放回座位，开始跟踪他们。

★

克拉伦斯和卡车躲在人行道边院墙的阴影里，一直跟着两个男孩走到里瓦尔路。他们穿过四车道马路，过了两个街区，来到一个公车站。

看来他们准备搭公车。他们准备去很远的地方。

一切变得有趣起来。克拉伦斯转过身，朝房子那边走了过去。

快行动，但别慌。

没过五分钟，他便把车开上了里瓦尔路。

正如所料，幸运女神又向他招手了。两个男孩依然在远处等着公车。

克拉伦斯把车转到另一个方向，在第一个红绿灯处掉头，停在路边，避开了酒馆闪烁的灯光标牌。

八分钟以后，公共汽车嘎吱嘎吱地从站台上启动了，克拉伦斯让三辆汽车在他面前开过，然后才不紧不慢地跟了上去。

★

克拉伦斯把车停在路边，坐在方向盘后面，打量着那幢房子。一条狗从房子里跑了出来。克拉伦斯最不能忍受的动物就是狗。他宁愿供养一个兽医，也不愿养狗。不一会儿，有个漂亮女孩出现在了门廊上。这就是埃米莉吗？她拉起萨姆的手。这一切简直让人恶心。

克拉伦斯把手伸到座位底下，拿出一个棕黄色塑料瓶，像喝威士忌一样喝了口紫色的咳嗽药水。在这个事事皆与他为敌的世界上，只有可待因[①]是他的好朋友。

他仔细打量着眼前的这幢房子。毫无疑问，这家人很有钱。萨姆是怎样遇见他们的呢？还有里德尔，他怎么能从前门进去？

大概是因为萨姆长得帅。他就知道，要不是因为长成那副模样，这家人才不会对萨姆敞开大门。在约翰·史密斯或克拉伦斯·波德尔面前，这扇门只会关得死死的。

这个痛苦的念头让克拉伦斯咬紧了牙关。他低下头，手枪就斜在座位和地板之间。他应该拿着枪，走进房子，让所有人都知道，谁才是真正说了算的那个。他们是他的孩子。他独自一人把他们抚养到这么大，他为他们牺牲了一切。

但脑子里的那个声音在说：还不到时候。

现在先别动手。

---

① 咳嗽药水的主要成分，有镇痛麻痹的作用。

★

萨姆和埃米莉院子里的野餐桌边。里德尔和菲利克斯留在屋里。

埃米莉没有跟母亲提起在网上看到的有关上学的事情。她想先跟萨姆聊一聊。但还没等她谈及这个问题，萨姆突然冒出了一句：“我爸爸发现了手机。”

萨姆的表情，让埃米莉觉得这一定不是什么好事。

“他不知道我在洗澡时看到了他在翻我的东西。不过他肯定看到了手机。他肯定会找些麻烦。”

埃米莉皱紧了眉头：“什么麻烦？”

克拉伦斯做事向来随心所欲，萨姆没法知道他会做什么，但可以猜个大概。

“他会想离开这里。他会带上我们搬到另一个地方。”

“你们会因为他找到个手机就搬家吗？这根本说不通……”埃米莉瞪大了眼睛。

萨姆犹豫着要不要告诉她更多真相，可埃米莉又再次下了判断：“那简直是疯了。”

当然那是疯了，是彻彻底底的疯狂。埃米莉一家很快就会见识到什么是真正的疯狂。而在遇见他们之前，萨姆的世界里，除了疯狂，别无所有。

“这是某种宗教仪式吗？他是不是那种既不用电，也不相信任何技术的人？”埃米莉在试着理解萨姆的话，但萨姆只能沉默。

他不知该如何跟她解释，这件事无关上帝、无关哲学。只有克拉伦斯。他是一个除了自己，不信任其他任何人的疯子。

★

里德尔坐在小板凳上仔仔细细地剥着青豆。黛比往盛土豆的碗里搁进了三勺芥末。

这段时间都是这样。里德尔打下手，黛比下厨。

黛比对丈夫开玩笑说，她只要里德尔在厨房里就够了。里德尔喜欢扫除，也喜欢切菜。他喜欢拌调料，也喜欢洗盘子。他最喜欢的是待在温暖的房间里看黛比做菜，听黛比轻声细语地跟他说话："我要把这些土豆裹上一层芥末，浇上橄榄油，然后倒进热锅烧熟……因为裹了层芥末，所以土豆会变得香脆……"

黛比在急诊室工作多年，深知声音的用处。安静沉着的声音能抚慰人心。菲利克斯缠在里德尔脚边，搜寻着他有意无意落下来的食物。黛比知道，她在尝试将里德尔从原来封闭的世界里引出来，让他进入这个真实的世界。

黛比认为，之前里德尔的封闭主要是因为语言问题，而他的语言问题又是由他的呼吸系统并发症所引起。如果没有这些病，里德尔的情况无疑会好很多。她在肺科专家那儿预约了，她还准备带他面见儿童发育专家。她真心希望把这两个孩子都送进学校。

埃米莉对此一无所知。蒂姆和萨姆自然也都被蒙在了鼓里。也许只有里德尔自己知道，他被囚禁在那个只有机械草图和兄长的世界里已经太久，而黛比，正在尽其所能地把他拉出来。

带他去急诊室里的老朋友那里看病不那么麻烦，但正式问诊需要的那些证明文件可怎么办？在里德尔的生命中，黛比扮演着什么样的角色？是可信赖的朋友？姨妈或是教母？总不见得说是他哥哥女朋友的母亲吧?

最后，谁来为这些治疗买单呢?

黛比深吸一口气。船到桥头自然直，这也是她从急诊室获得的宝贵经验之一。所以现在不需要想太多，只做好眼前的事就足够。

当务之急是，她必须获得里德尔的信赖。所以她特意延长做饭的时间，好和里德尔一起待在厨房里。

★

蒂姆回家比预期的要晚了一点。

星期四他没有课，但开会开个不停。他本打算在会上和学生们谈谈音乐，最终他们却把话题集中在了考试成绩上。所有人都希望拿到A，连那些不来上课的家伙也想拿个最高分回去。

除了家人，音乐是蒂姆最钟爱的，因此他心情很糟。有人曾经告诉过他，初中音乐老师是世界上最为不幸的文职工作。老师们喜欢音乐，每天却要把八个小时花费在听孩子们糟蹋音乐上面。

好在他是个大学教授。但这好像也没多少区别，大部分学生对致力于音乐事业毫无兴趣。对他们来说，学习音乐，就好像被迫享用一份多年前就拟好的菜单，点菜的人是他们的父母，如此而已。

正在他开始感到心灰意懒的时候，萨姆出现在了他的眼前。

萨姆理解音乐，热爱音乐，他用最朴实无华的方式在蒂姆面前展示了这一点。

他连五线谱都不识，却像从天而降般，创造出了自己的一整套音乐语言。他在吉他上的弹奏是那样独特，充满激情。

这个男孩拥有着独特的音乐天赋。这天赋或许来自他漫无目的的生活，以及某种绝对的孤独。他不需要有人为他喝彩，也不希望获得奖赏。在蒂姆看来，这孩子甚至不明白学分意味着什么。

这也许是在家自学的结果。

也许，在这自学的背后，有某种难以诉说的隐情？如果能和他的父亲谈一次就好了。也许他是个了不起的教育大师呢？萨姆擅长音乐，里德尔精于画画。这不是没有可能。

蒂姆调高了车里CD的音量。艾利·发卡·托瑞[①]的优美的男低音在车里弥漫开来。蒂姆拐过街角，没有留意到一辆卡车停在自己的家门外。他将车开进车道，熄灭引擎，抓起背包，走向了家门。

这一刻，蒂姆意识到自己露出了笑容。一想到马上就会见到萨姆，他就不禁开心起来。这段时间，萨姆已经成为他欣慰的源泉。这孩子拥有无限的未来。

★

克拉伦斯跳下卡车，沿着人行道向贝尔家的房子走去。他从裤子的前口袋里掏出一根细长的撬棒。

细长弹簧钢的尾端有个带柄的小钩。克拉伦斯熟练地把工具塞在车窗和橡皮密封圈之间，把钩子钩在连接着车锁的小钢条上。

---

① 美国著名男低音歌手。

轻轻地一抖手腕，车门便开了。

菲利克斯这时已经从厨房跑到了客厅的窗户前。看见车道上出现了一个人影，它便忙不迭地汪汪大叫起来。

坐在电视机旁边的杰拉德制止了菲利克斯的叫唤。

克拉伦斯没去理会那条忽然安静下来的狗，他悄悄潜入了贝尔家的富士车。第一步，他在工具箱里找到了车辆登记证，顺手塞在了外套口袋里。他训练有素的眼睛把车内一览无余：口气清新剂、为停车准备的分币和角币、大学音乐会的光碟、口红、喝了一半的水瓶、后座上的风衣、遮光剂、吉他拨片，还有几张看上去不错的CD唱盘。

克拉伦斯把这些东西全都扫在一起塞进了一个塑料袋，然后从腰包里抽出一根八英寸长的小刀。

他挪到副驾驶座，像切尸体一般地划开了车座上的皮革。然后他溜出车外，转到车后，把刀锋插进了左侧后轮胎的侧壁。

心满意足之后，他收起小刀，朝自己的卡车走了过去。

此时，他的脸上挂着得意的笑容。

他让蒂姆·贝尔介绍了自己。真是可惜，都没来得及和那家人打招呼啊。

16

埃米莉把盘里的食物推到一边，她一点儿食欲也没有。

她看着餐桌四周。每当黛比开口说话的时候，无论她说些什么，里德尔总是兴致勃勃地看着她。如果不是脑子里装着萨姆父亲的事，这本来应该让她高兴。这个连手机都不放心的家伙，是不是一个可怕的疯子？应该把萨姆刚才说的话告诉她自己的父母吗？在吃饭的时候，尤其是里德尔和杰拉德在场的时候，说这些合适吗？蒂姆还在喋喋不休地谈论着某位伟大的音乐家，他到底什么时候才能让这顿饭吃完啊？

埃米莉竭力让自己平静下来。她决定，饭一吃完，就把这事告诉黛比。可后来发生的一切让她没有机会开口。

蒂姆去车里拿一张准备给萨姆的CD。他从屋外回来的时候，浑身都颤抖了。有人把他的车给毁了。后轮胎被扎破，前侧座椅被刀划开，车里的东西被洗劫一空。

邻居们也被惊动了，所有的人都冲上车道一探究竟。蒂姆说他确认，他绝对锁好了车门，可车又不像是被砸开的。街上无人走动，也没有陌生车辆停靠。干这事的人，不管他是谁，早已经溜之大吉。

随后人们又蜂拥回屋子，仍在议论纷纷。在这一片喧闹中，只有萨姆和里德尔始终保持着沉默。

蒂姆拿起电话准备报警。就在这时，萨姆开口说，他和里德尔必须走了。

★

里德尔站在墙边，差不多挨着黛比。黛比站在电话边，忧心忡忡地看着丈夫报警。杰拉德拿起他的塑料军刀，望着窗外，寻找着可疑的车辆。埃米莉正准备跟萨姆说点什么，萨姆却转身对弟弟说：“我们该走了。里德尔，快跟我走。”

里德尔却没反应。他把重心换到另一只脚上，又不易察觉地往黛西身边更靠近了一点点。萨姆的口气严厉起来：“里德尔，听见我说什么了吗？我们必须得走了。”

里德尔还是没动窝。萨姆走到弟弟面前，一把抓住他的袖口。

“我们走。”

里德尔转身，看着黛比，轻轻说了一句：“对不起……”

接着他转过身，跟在哥哥身后走出了门。

黛比怔怔地站在原地。里德尔刚才表现出的，是与他人情感上的共鸣。这意味着，他从来没有真正地封闭自己的心。虽然在内心深处，黛比一直深信这一点，但刚才的那一声“对不起”，对她来说，仍然像初生婴儿的啼哭一般动听。不知怎么她感到一阵宽慰，那感觉太过强烈，几乎令她心动神摇。

★

黛比提出送萨姆和里德尔回家，但萨姆拒绝了。太麻烦了，再说，那辆被扎破了车胎的富士还正好挡在路中间。他们搭上了公车，穿城而去。

埃米莉站在草地上，目送着他们远去，嗓子里像堵上了块棉花。警察还在路上，而她和蒂姆、杰拉德一直站在院子里。现在离开真是有些过分，但埃米莉试图去理解，也许，那只是他们表现难过的方式而已。

一个小时后，埃米莉进屋时，看见在前门旁边的桌上，妈妈送给萨姆的手机正安静地躺在那里。

她看了看自己的手机，发现了一条新的短信。

这是萨姆用那部手机发送的最后一条短信。上面简单地写着：我永远不会忘记你。

她忽然想起萨姆离去时投向她的一瞥，现在她明白了那眼神的含义：这一次，他将真的一去不回。

★

萨姆知道抢劫的事肯定是克拉伦斯干的。他跟踪了他们。

里德尔肯定也意识到了这一点。因为当萨姆低头看着里德尔的时候，他发现弟弟第一次走到汽车最后一排，默默地坐在他身边。随后的时间里，里德尔都靠在椅背上，目光呆滞地看着窗外，甚至连轮胎的嘎吱声都无法提起他的兴趣。

他们在离家两个街区的地方下了车。这段路是他们有生以来走过的最长的一段路，因为他们都知道，路的尽头等待他们的是什么。

克拉伦斯站在黑暗的车道上。他刚把最后一个破烂的睡袋和枕头扔进后车厢里的那堆废物里。很早以前，克拉伦斯故意弄坏了卡车的后车灯，那样，就没人能看得到他在干什么勾当。

听到兄弟俩的脚步声，克拉伦斯便转过身，提起从公用事业局勤务车上顺手抄来的高频射灯，将灯光晃在兄弟俩的脸上。

被晃花了眼的兄弟俩听见父亲说："都给我上车。我替你们打好了包，这就走。"

这种事以前发生过很多很多次，但没有哪次像这次一样仓促。

他们有选择的权利。他们知道自己可以跑开，也可以拒绝上车。但克拉伦斯早已制定了游戏规则。如果你一旦在意什么东西，他就会从你身边拿走；如果你奋起抗争，那么你一定会被揍得更惨；如果提出抗议，他就会封住你的嘴。而兄弟俩又是如此孤立无援，似乎除了服从，别无他途。

萨姆为弟弟打开车门，但里德尔没有上车，而是径直朝那所破房子走去。克拉伦斯大声嚷道："屋里什么都没有，我把所有东西都搬到车上了。快给我上车！"

但里德尔一直朝前走。克拉伦斯狠狠地跺着脚，转向萨姆："把你弟弟弄进卡车。动作快点儿！"

屋子的前门开了，又关上。里德尔消失在他们眼前。萨姆站在原地一动都没有动。克拉伦斯又将射灯转向萨姆的脸："我知道蒂姆·贝尔住在哪儿，我也见过漂亮的埃米莉。接下去的事就不会是扎破个轮胎那么简单了。赶紧把你弟弟给我弄出来！"

萨姆连眉都没皱一下，他把一触即发的怒火埋藏在心底。

因为他知道，如果他流露出任何情感的话，那就意味着克拉伦斯赢了。这是他在一次又一次的搬迁中领悟到的秘密：如果他表现得很平静，丝毫不以离开为苦，如果克拉伦斯感到自己的行为不能伤害到他们两兄弟，他们就赢了。

只有这一次，这样的胜利似乎不可能了。萨姆很想一拳击倒父亲，卡住他的喉咙。但最终他没有这么做。他转过身，向曾经是“家”的破房子走去。

屋里亮着的只有走廊上的那盏灯。但是，即使没有灯光，萨姆也能知道，屋子已被洗劫一空。椅子被踢翻，东西被砸碎，地板上堆满了杂物。看来克拉伦斯真的发了狂。

萨姆听见里德尔通过走廊走向后门，他跨过一个打碎的盘子，紧紧跟了上去。

里德尔在狭小的后院里做了两件事。

他走到院子靠外的金属垃圾罐边，从一个不为人知的地方拿出一袋猫食和一个塑料盘，然后把猫食倒进塑料盘，把塑料盘放在篱笆旁边的地上。

紧接着，里德尔走到破金属棚边的老橡树下。他一只脚踏在金属棚上，攀住一根树枝，取下了医生给他的第二个吸入器。吸入器装在一个干净的塑料袋里。他把装着那只塑料袋塞进了自己的口袋。

然后，他穿过后院，沿着狭窄的车道走到卡车旁边，静悄悄地坐上了卡车的后座，还非常自觉地关上了车门。

现在只等萨姆了。克拉伦斯朝房子大喊：“萨姆，我们该走了！”

但萨姆仍在后院里没出来。他的眼睛此时已经适应了黑暗，能看见两只骨瘦如柴的小野猫从棚子后面溜了出来，小心翼翼地走向里德尔放在地上的盘子。

里德尔从来没把喂猫的事告诉过任何人。

当萨姆独自离开家去和埃米莉见面的时候，里德尔显然找到了新的玩伴。萨姆呆呆地看着野猫吃食的样子，然后他一不留神转过头时，看见了自己的那把吉他。

吉他被摔成了碎片，躺在橡树的另一边。

17

看见手机后，埃米莉说服母亲开车送她去了公车站。兄弟俩当然早就离开了。接着，她又让黛比开车把她送到里瓦尔路。在那儿，她自然还是徒劳无功。

以前，她们总是把萨姆和里德尔放在那个路口。但现在，看着漆黑的街道，埃米莉意识到他们可能住在附近的任何一幢房子里。

她完全没了主意。

折腾了半天回到家以后，杰拉德还没睡。他被劫车的坏蛋弄得心神不宁，不自觉地穿上了好久没穿的"蜘蛛侠"睡衣，这件衣服能给他一种被保护的感觉。

蒂姆正忙着用备用轮胎调换破轮胎。他在车套上绑上胶带，使汽车看上去不至于破相。但是，他仍觉得很愤怒。

时间已经很晚了，可黛比还是拿出了她和里德尔做的蛋奶冻。

她把蛋奶冻放在高脚杯里，但谁都没有胃口吃。

黛比和蒂姆告诉埃米莉，留下手机说明不了任何问题，第二天萨姆也许就会打电话来或亲自登门解释。没有人说萨姆和里德尔与汽车被破坏之间有任何联系。但这种事本来就不用说，怀疑已经深深根植在了每个人的心里。

一家人上床睡觉之前，把菲利克斯留在了楼下前门处专为它准备的柳条睡篮里。

这一夜，连菲利克斯也睡得时断时续，很不安稳。

★

两个小家伙没有交谈，但即便他们说话克拉伦斯也不想听，所以他把手伸进从蒂姆·贝尔车里拿来的塑料袋，将一张CD放入车载音响。卡车里响起了疯狂的部落音乐。这就是那些高雅人士喜欢听的音乐？克拉伦斯按下“弹出”键，把CD扔到了车外的高速公路上。

克拉伦斯整夜都在开车，他一直在朝东开，决定把犹他州当作第一站。

坐进卡车后不久，里德尔便睡着了，但坐在副驾驶座上的萨姆却一直睁大眼睛望着前方。

思绪如潮涌。

他曾经看过卡特里娜飓风后新奥尔良的照片，他现在的感觉就是这样的。他的生活已沉入水下，即使有朝一日潮水退去，被毁坏的一切也再无法复原。

看着父亲，他真想抓住方向盘，猛地转到一边，让卡车偏离高速公路。

只要他们能撞上什么东西，从来不系安全带的克拉伦斯准会从挡风玻璃窗里飞出去。

萨姆眨了眨眼，仿佛能看到事故后的现场：碎了一地的玻璃，扭曲的金属块，克拉伦斯坚持放在车里的汽油罐引发了一场剧烈的爆炸。

但与此同时，萨姆想到了里德尔。里德尔也没系安全带，他也可能飞出挡风玻璃中。

萨姆深知，如果没有弟弟，他的生活一定比现在还要糟。里德尔给了他生活的意义。现在，不管发生了什么，萨姆不仅要保护里德尔，而且要始终把他放在第一位。

于是萨姆把手放回身边，远离方向盘和父亲的脖子。

★

第二天，埃米莉拒绝去学校上课。黛比看了看女儿肿胀眼睛下的黑眼圈，叹口气让她留在了家。埃米莉一整天都把自己关在家里，等待电话和门铃声，尽管她心里明白，铃声永远不会响起。

第二天，埃米莉只好回去上学。鲍比看得出埃米莉一定出了什么事，这倒不需要什么惊人的洞察力，因为人人都能看出来，她没精打采，似乎神不守舍。

他想找个机会和埃米莉搭上话。他知道埃米莉可以免上D级科目，那时她通常会去图书馆做数学作业。星期五一整天，鲍比都在试图不露痕迹地吸引埃米莉的注意。确定尝试失败后，他决定利用这点信息，于是他逃了课。反正之后他可以进入办公室电脑，把这条逃课记录抹掉。

他看见埃米莉坐在图书馆后面的地板上，斜靠着书架。她看上去是那样悲伤。至于原因，鲍比倒是知道的，因为她喜欢的男孩遇上麻烦了。这事是诺拉告诉洛里，而洛里又告诉了鲍比。

鲍比在心里盘算着，也许是时候把那所破房子的事告诉她了，还可以把那张吓人的照片给她看，告诉她照片上那个男人没准就是她男朋友的父亲。然后他应该还可以顺势提到那块被盗的车牌……

鲍比慢慢朝埃米莉靠近。图书馆里，人们仍在低声交谈，鲍比清了清嗓子："嗨，埃米莉……"

埃米莉抬起头，她的表情似乎在告诉他：别过来，让我一个人待着。

至少他是这样感觉的。埃米莉脸上那沉默的神情让他心中一凛，瞬间放弃了他的全盘计划，只将主要的事实脱口而出："几天前我在里瓦尔路上看见了你喜欢的那家伙，我跟着到了他家，拍了张照片，照片上那人可能是他父亲——我不得不说，这简直是太他妈的诡异了。"

他把手机上的照片拿给埃米莉看，埃米莉却突然从地上一跃而起，用胳膊搂住他的脖子，把他拉近胸前，鲍比被她的举动惊呆了。

他简直心醉神迷。

★

鲍比希望人人都能看见他和埃米莉穿过高中停车场走向他的那辆越野车。他总是把车停在停车场的出口处。他父母是这么做的，所以他也这么干。侦探需要迅速逃脱，即便有时必须走一长段路才能走到你的汽车旁边。

开车的时候，埃米莉一直看着手机上克拉伦斯的照片。照片上的男人很紧张，乍看起来和萨姆不像，但埃米莉能看出他俩眉宇之间相似的轮廓。这男人还有一点儿像里德尔，但也并不完全一样。他又高又瘦，看上去怒气冲冲。

她把这张照片上传到了自己的电子邮箱。这张照片，她不仅自己要牢牢记住，还要发给她父母、每一个可能帮助到她的人过目。

她只是没想到，告诉她这一切的会是鲍比。也许她曾经错看了他。此刻，方向盘前的鲍比显得体贴而专注。他看上去少年老成，当他变换车道时，展现出超越年龄的掌控力。埃米莉不知道鲍比的这种态度意味着什么，也不知道他的这种气势是从哪儿学来的。但此时此刻，她对鲍比只有满心的感激。

车里安静无声，这沉默开始让埃米莉觉得尴尬。于是她清了清嗓子，问道："能不能告诉我，你为什么要去那里？"

还好这个问题不难回答。

"我刚刚说过，我妈妈每周都会从警察那里拿到本市的犯罪动态报告。近三个月犯罪率有抬头的趋势，新增了很多刑事犯罪，大多数是偷窃，而且是那种利用人们疏忽的随机性犯罪。比方说，你忘了关车库门，而且把贵重的高尔夫球球杆留在了里面。"

埃米莉没有昂贵的高尔夫球球杆，但她还是假装认同地点了点头。

"这些犯罪大多发生在里瓦尔路一带。一般人不太知道，罪犯通常喜欢在住所附近作案。他们不会把车开到城的另一头……除非他们看准了目标，打算干一票大的。"

说到这里，鲍比发现埃米莉皱紧了眉头。为什么会这样？看起来埃米莉似乎在前额上装了个测谎仪。他又开始了漫无边际的胡诌："如果你所在的地区整天发生这类微不足道的罪案，说明小偷多半就住在附近。妈妈让我开车去里瓦尔路，看看那里有没有什么不对劲……"

鲍比把谎扯得越来越大。他不能让埃米莉发现自己迷上了她，但又要把话说圆。这时埃米莉插话："你妈妈好像不是警察啊！"

鲍比赶紧摇了摇头。

"她不是警察，她是个私家侦探。不过她和警察局有某种约定。你知道的，罪案发生以后，妈妈要分析犯罪趋势，寻找犯罪动机。这时她通常会让我帮点儿忙。"

这套说辞埃米莉会买账吗？也许吧。鲍比舒了口气，方才他一直在屏住呼吸。然后，他把话题又绕了回去："所以妈妈把标注了犯罪地点的地图交给了我。我开车过去的时候，正好碰上了你的朋友……"

埃米莉突然来了精神。

"是在星期四那天吗？"

"没错。"

"这么说你跟踪了他和他弟弟？"

鲍比点了点头，意识到自己加快了车速。似乎他只要撒谎，就会下意识地把车开得越来越快。有意思，就好像在逃跑一样。"我认出了他们。我们一起在薄饼连锁店的那个晚上，我见过他们一面。

"他们从里瓦尔路折进巷子，我跟了上去。接着我停车看了看地图，发现他们走到了巷子的尽头。我把车开过去，掉了个头，看见了这个中年人，并用手机给他拍了张照片。"

"为什么要给他拍照？"埃米莉冷不丁地问。

鲍比出了一身冷汗，不过他还是保持着平稳的音调。

“从我以往的探案经验来看，这男人看上去……”

他停顿了片刻。探案经验，这是什么玩意儿？这个词是从哪儿冒出来的？

“这男人看上去有点儿可疑。另外……”他再次屏住呼吸。现在是时候引爆这颗重磅炸弹了。

“那天下午，我去机动车管理处查了车道上那辆卡车的车牌号码，发现卡车和牌照并不匹配。那个牌照是偷来的。”

18

里德尔把毛衣卷成球状垫在头下面当枕头用。毛衣上有她的气息，还有她家厨房的味道。

昨天晚上见她的时候，里德尔穿的就是这件毛衣。他舀出香草末，想放进蛋奶杯，却笨手笨脚地撒在了衣服上。但黛比告诉他没关系。她说，洒出东西，就和品尝一样，是做饭的一部分。

在进入黛比家的厨房之前，里德尔从没做过饭。

现在我真想做饭啊。

我以前从不想做饭，是因为我不知道做饭的滋味。

我会想她的，甜蛋糕女士，她的名字叫黛比·贝尔。

我还会想那只叫菲利克斯的狗，想念它的气味。就像湿乎乎的毛衣。干净的毛衣。

我怀念坐公车去她家的那段时光。怀念她的家人，即便有时他们的说话声太大，有时又说得太快。

我怀念……

我怀念黛比周围的一切。

有人会找到我吗？如果他们能找到我就好了。我会试着停止胡思乱想。

如果你能找到我……

你。

找到。

我。

★

出走的第一周，他们每天晚上都会住在不同的地方。这天晚上他们住在犹他州的雪松市。雪松市是个有七万五千人口的中等城市，这意味着他们不会在此地久留。

雪松市是一个世纪以前围绕着矿区建立起来的。现在那里有州立大学的一个分部，有一年一度的莎士比亚戏剧节，淳朴的市民把东西随意堆在草坪上。

在这种地方偷东西很容易，但那又有什么用？就算克拉伦斯第一天就偷了一整个库房的山地车，当他八成几个小时也卖不出去一辆，还会被警察给盯上。

想要在雪松市这样的地方待下来，你必须得全神贯注。克拉伦斯是从西边进城的，他在马路边发现了一间汽车旅馆。克拉伦斯以每周付款的方式包下了一个房间。房间里只有两张床，他可以让两兄弟睡在一起，或者让他们中的一个睡在发霉的沙发上。随便怎么着都行，反正他不关心。他讨厌大天睡在卡车里了。

不过这次，他立了新规矩。

孩子们白天不能离开旅馆房间。他不想让他们在街上闲逛，和这里的人们打交道，也不许他们碰电话。当然他无需强调这点，因为，在手机如此普及的今天，留在旅店房间里的电话，就只剩下远端墙上的那个听筒插口了。有人把红色的酱汁泼在墙纸上，尽管大多数已经被洗干净了，但灰色墙壁和听筒插口上还是散落着一些红色的斑点。

萨姆发觉自己正在紧盯着听筒插口。他把自己想象成一只能爬进洞口的小虫，消失在洞的另一边，进入另一个世界，过上完全不同的生活。

因为天亮时不让他们出门，所以白天两个男孩大多时间都在睡觉。他们用了好几个晚上才把作息时间调整过来，到了黄昏才出门上街。上街以后，他们会去最近的汉堡店，在垃圾桶边寻找冷了的炸土豆片和吃剩的圆面包。

克拉伦斯把时间都花在寻找能换钱的小东西上。他会在下一站，找个更大的城市将它们脱手。他在高尔夫课程的更衣室里偷了几个钱包。他帮一个老太太把杂物放进车，然后从市场跟踪她到了家。

几天以后，趁着老太太出门玩桥牌的当儿，克拉伦斯把她的珠宝全给卷走了。他在老太太家后门的玻璃门框上钻了个洞，进进出出只用了不到十分钟的时间。他在冰箱里拿了罐可乐，在离开之前，还并体贴地把喝完的空罐子扔进了垃圾桶。

现在，他可以专心地处置那两个叛徒了。

★

埃米莉坐在鲍比的车里，看着那栋摇摇欲坠的屋子。她没料到萨姆和里德尔会住在这种地方。

也许那这是一种自我保护，但从现在开始，她必须得面对这一切。

萨姆还在里面吗？他和里德尔是不是将窗户半开着，人却藏在肮脏的褪色窗帘后面？

萨姆是留在家里，却一直不和她联系，还是已经不告而别？

鲍比打断了她的遐想：“你想过去敲门还是怎么着？”

埃米莉点点头。鲍比凝视着她：“你想让我和你一起去吗？”

埃莉斯摇了摇头，然后打开车门下了车。

她走到屋前敲了敲门，没有回应。接着她又敲了一次，仍然没有回应。她把手伸向门把，慢慢转向右边。门没锁。

埃米莉是个守规矩的女孩，知道要尊重别人的隐私。她不是那种莽撞的人，也不认为自己有什么暴力倾向。但这次她丝毫没有犹豫，她果断地推开门走了进去。

★

鲍比坐在车里留意着屋里的动静。埃米莉现在在干什么？

她已经进屋了吗？他站起身跳下了车。

屋里乱成一团。看来有人快速搬离了这里，而且在离开前有计划地把这里弄得一团糟。埃米莉被眼前的景象吓得后退了几步，正好和站在后面的鲍比撞了个正着。

越过埃米莉的头，鲍比朝屋里扫视着。

“我们不能进去……”他说。

但埃米莉已经走上了覆盖整个房间的老旧地毯，人那张工纤维制成的地毯早被踩成了一张金属色的薄纸。埃米莉大声喊道：“嗨……里面有人吗？”

屋里一片沉寂，接着屋后传来一阵声响。屋后有人。鲍比伸出手想阻止她，埃米莉却一直朝前走。无奈之下，鲍比只得跟了上去。

“萨姆，你在吗？里德尔，你在吗……”

埃米莉大声呼唤着，但没一个人应声。她只得沿着拥挤狭窄的走廊朝前走。

鲍比虽然是个身高超过一米八的橄榄球运动员，但他压根不想逞什么英雄。他不想违反产权法案的0300条款。条款规定：不经业主的同意，进入以及停留在他人的私人财产上是违法的。

这么说，他们现在是在做什么？

鲍比跟着埃米莉沿着狭窄的走廊朝前走，后屋传来了越来越清晰的响动声。鲍比想大喊一声掉头就跑，他看过的恐怖电影实在太多了。

可那样做当然不怎么好看。

于是他强迫自己留在埃米莉的背后。

★

她现在非常生气。

这是最糟糕的怒气，因为她气的是自己。她为什么没有注意到，只要提到“父亲”两个字，萨姆就像完全变了个人？她自以为了解他，实际却对他一无所知！当她看到萨姆眼中那确定无疑的伤痛时，怎么会没逼着他好好解释一下呢？

她往屋子后走了过去，嗓音变得更加急切了：“萨姆，你在吗？”

他们穿过肮脏的浴室和地板上铺着床垫的小卧室。走廊的尽头还有另一间卧室，声音是从那儿传出来的。

埃米莉一刻不停地向紧闭的房门走过去。她能听见背后鲍比的呼吸声。她的心里矛盾极了，既希望鲍比赶紧走开，又希望他待在这儿，陪着自己。

走到关闭的门前，她紧握门把，使劲地转了一下。身后的鲍比好像咽了下口水。她打开门，声音突然停住了。然后，她看到了两只小猫。

外侧的墙壁上有扇开着的窗，两只猫跳了起来，试图跳到窗框上逃出去。从眼前的情形来看，它们已经在房间里待了好一阵了。

房间里散落着成堆的简装书。有些看上去像是直接从垃圾桶里捡来的，另一些则好像在书房里沉睡了几十年之久。在小猫跳向窗户的过程中，它们的双脚垫在书本上，把纸页弄得一团乱。

埃米莉绕过书堆，向两只骨瘦如柴的小猫走了过去。她把小猫捧在手里，转身看着仍然站在门口的鲍比。

“它们好像快要饿死了……”

但相比于两只瘦弱的小猫，鲍比有更急切的问题要考虑。

“埃米莉，我们真的必须得走了。”

这时，她在房间里发现了妈妈送给里德尔的速写本。速写本被压在房间角落里的一个塑料篮下面。埃米莉把两只瘦弱的小猫递给鲍比，根本没理会他的抗议——他说他对猫过敏。

埃米莉拿起速写本翻了几页。上面都是里德尔的画作，但这些画和以前那些结构图明显不一样。里德尔没有画面包机的电路图——他画的是食品的素描。

★

埃米莉把一只牛奶筐放在车座上，夹在她和鲍比之间。两只小猫瞪大眼睛，满怀恐惧地坐在筐子里。鲍比摇下了车窗。他眼皮直跳，呼吸也变得困难，但他竭力没让埃米莉看出来。

埃米莉正在用手机给母亲打电话，她向母亲解释鲍比怎么会拍了房子的照片，他又怎样注意到车辆的车牌号码，她和鲍比又是如何去了那个地方，以及最终发现里德尔画的那本速写的整个过程。鲍比觉得速写本上的那些画根本不可能是里德尔画的，但他并不想要反驳埃米莉所说的任何话。

他不准备现在就发号施令。他是这辆车的司机。现在他只负责开车，这就已经足够。

前方的红灯亮了，他把脚放在刹车上，慢慢停了下来。这一刻，他看了眼埃米莉的脸。在和母亲打电话的时候，她那头漂亮的长发在脸颊两侧飘拂。她显得充满勇气，意志坚强。鲍比完完全全地被她迷住了。

19

埃米莉的父母和鲍比的父母在餐厅见了面，一同讨论了当天所发生的事。吃过晚饭后，两位父亲一同去了警察局。

埃米莉也想和他们一起去，但所有人都觉得这一天她已经够累的了，而且家里还有两只小猫要她照顾。小猫刚刚打过针，又进了新的笼子，需要有人陪伴。

鲍比答应埃米莉，一定会告诉她最新的进展。他知道，这件事能把他和埃米莉系在一起。回家以后，鲍比在浴室里洗了个长长的热水澡，心里一直在默默地感谢着洁西卡·波普。如果不是洁西卡邀请他放学后去喝杯咖啡，如果他没有情急之下一堆乱吹自己当了侦探，他可能现在还在家里看卡通频道呢。是的，鲍比仍然爱看少儿节目，这是他的秘密。他幻想在那个世界里，他帅气逼人无所不能，他就是英雄和万人迷。

而现在他的幻想已经成真。

★

桑德森探长和埃利斯一家很熟。所以德里克·埃利斯和蒂姆·贝尔抵达警察局后，前台的警官直接把他们带去了探长办公室。

探长站起来迎接他们的时候，还穿着宽松长裤和迷彩风衣。市警局的非裔美国人并不多，桑德森很清楚自己的衣着是人们议论的对象。他在这样的深更半夜接到埃利斯的电话，电话那头还告诉他是个大案子，他很庆幸自己至少没穿跑鞋。

“你们有什么情况提供给我？”他直奔主题。

蒂姆简要做了说明，探长听完后，深陷在自己的椅子里。

两个未成年人，没有一个上学，其中一个还有智障嫌疑；单亲父亲对他们发号施令；两个孩子似乎都很怕他；车牌和车对应不上；住在最近三个月盗窃案频发的尼德尔巷的废弃房屋里；有人故意毁了蒂姆的车。

找到他们自然得费一番功夫。幸好还有一些线索，一部卡车、一个车牌、一张照片。

当蒂姆和德里克·埃利斯在人行道握手道别，相约保持联系的时候，鲍比拍下的照片已经被上传到州法律信息库，并对车辆和车牌发出了全境通告。

★

当负责换毛巾和清空垃圾罐的戴莉夫人坚持要清洗地毯时，他们在自由汽车旅馆已经住了整整十天。戴莉夫人声称定期清洗地毯是州法律的规定。

但克拉伦斯并没有和老太太争吵，他让男孩们赶紧起床，把他们赶进卡车，让老太太推着一台1972年的红色直立式吸尘器，在房间里走来走去。

在旁人眼中，戴莉太太的人生充满悲伤和失望，但她自己却并不这么认为。尽管结婚没多久便死了丈夫，丈夫给她留下的只有一个残疾儿子和一大堆账单，可她还是撑了下来。她的小埃迪在八岁时钻进一只废弃的空冰箱，结果窒息而死。不过埃迪本来就有难以治愈的心脏病，也许这对他来说未尝不是件好事。

戴莉太太喜欢看到事情好的方面。

所以，她也喜欢去圣朱迪教堂。因为人们在那儿总是谈论来世，让她充满希望。另外，那家教堂临近高档社区，礼拜以后向会众提供带真正加奶油和牛奶的咖啡，而不是植脂粉末勾兑的替代品。

她的名字可是叫戴莉[①]夫人啊！让她把一罐假装自己是牛奶的白色粉末撒进热气腾腾的咖啡里，这种事她可做不到。

现在，她已经八十四岁半了，虽然大多数人在她这个年纪都早已退休，但她还是很喜欢自由汽车旅馆的这份工作。不过她的视力没有以前那么好了，用吸尘器时似乎每次都会撞上东西。

这天早晨，当克拉伦斯和两个男孩回到卡车准备好好睡一觉的时候，戴莉夫人推着吸尘器，直撞上了角落里的落地灯。落地灯侧翻下来，重重地砸在床头柜上。廉价的玻璃牛奶杯在地毯上摔成了碎片。戴莉夫人弯下腰，想把大块的玻璃碴儿捡起来。

---

① 英文是Dairy，有乳品之意。

就在这时，她看见了绑在床板下面的绿色丝绒盒。

那是什么鬼东西？

一个小盒子被胶带粘在床板下，这种事可不寻常。或许小盒子里装满了炸药，或许恐怖分子因为自由旅馆这名字而要把整座楼给炸飞。

不过她又有点儿怀疑。

戴莉夫人是个虔诚的女人，但同时也是个现实主义者。她费了好一番工夫才从地上爬起来，走到仿实木的房门前，关上门，拉上防盗链。然后她回到破旧的地毯边，把胶带从绿色的盒子上撕下来，将盒子捧在手里。打开盒子以后，杰特鲁德·惠特灵夫人的珠宝出现在她眼前。

错不了。因为杰特鲁德也去拉切街的圣朱迪教堂做礼拜，以前她爸爸是城里唯一真正的珠宝商。杰特鲁德有家传的钻石胸针、两枚戒指、珍珠项链以及令戴莉夫人私下里艳羡不已的小型白金圣诞树胸针，树上闪亮的装饰品都是用珍贵的宝石制成的。

每年十二月的每个星期天的早晨，杰特鲁德·惠特灵夫人都会戴上那枚白金制的圣诞树形胸针，像日历一样准。

三天前发生在惠特灵夫人家的偷窃案不是闹得议论纷纷吗？没想到最终抓到窃贼的却是她，埃迪丝·戴莉。

当然这还不算抓住他们，不过她已经发现了。也许她还会因此获得些奖赏呢。

生命中何时转运都不算晚。

★

戴莉夫人把绿色盒子放回床下的隐匿处，但是留下了那枚圣诞树胸针。不是留给自己，而是作为证据。如果不留下点东西，要是别人不相信她怎么办？她老了，勉强听得见点儿声音，视力也很差。她患上了老年性视网膜黄斑退化，但是她没有告诉任何人。总之，她这副状况，必须得留下点证据，才能让别人相信她说的话。

所以她必须得留下这枚胸针。当然啦，她也非常喜欢它。她把胸针塞进桃红色工作服的右侧口袋，走出房间门时，重重地拍了拍自己那肥厚的大腿。

★

胖老太把吸尘器推出旅馆房间时，克拉伦斯只瞟了她一眼，就知道事情不对了。她的脚步变得有力，但这股兴奋劲显然不是清理他那狗窝带来的。老太太甚至看都没看他一眼，以前她总会露出被咖啡染黑的牙对他笑一笑。

戴莉夫人还在清扫门口。里德尔正准备跳出车门，克拉伦斯断然喝到："关上车门，快！"

随后克拉伦斯启动引擎，卡车飚了出去。许多天加起来没对父亲说过十句话的萨姆，这时站到前面问："你在干吗？"

"你觉得我这是在干吗？"

克拉伦斯把卡车开到对面车道上，然后倒进了停车场。萨姆看着戴莉夫人。她走得比先前更快，用她那八十四岁的骨架能承受的最快速度，一颠一拐地走着，最后居然小跑起来。

卡车转出停车场，冲上高速公路。戴莉夫人把手推车丢弃在一边，朝饭店前台边的办公室全速冲刺。

萨姆面无表情地从边上的窗户里注视着这一切。里德尔竭力吸了口空气，突然意识到这次他们不是外出，而是要离开这里。他抓住萨姆的胳膊，泪水一下便涌了出来：“我的吸入器……”

★

戴莉夫人上气不接下气地冲进前台边的办公室，还剩一点儿力气把在地铺上有节奏地打鼾的罗迪喊醒，通常这个时候，罗迪本应在柜台后面算账。

“快打报警电话，劫匪正在逃跑。”

罗迪还从没见过戴莉夫人这么精神。不过这件事的确让人振奋。就拿罗迪自己来说，他总想真正地报上一回警，现在终于有了机会。在电话机上按下那三个神奇的数字时，他激动得不行。

没过多久巡逻车便到了，戴莉夫人把警察带到七号房间，给他们看床板下面的绿色丝绒盒。

自由旅馆的发现使案件有了突破性的进展。更多的警察来了。有个警察开始录指纹，另一个警察把在房间里搜集的零散物品放在干净的塑料袋里作为可能的物证。戴莉夫人在旁注视着。

他们正打算丢弃外州的三本电话本时，有个警官在其中一本的背后发现了图画。接着他打开第一本电话本，在上面看到了许多结构复杂的工程图。

他觉得找到了证据。这些人绝对是潜伏的恐怖分子，那些图里混有很多巡航导弹结构图，这一切简直昭然若揭。

★

自由旅店的十间客房里那天有两间没有得到及时的清理。

戴莉夫人当场回答了几十个问题，接着警察又把她请到城里的警局做详细的笔录。

在此之前，戴莉夫人的驾照被毫无道理地吊销了，仅仅因为她两次未能通过视力测试中。平时她只能在城里坐蓝色的公共汽车跑东跑西，不过现在他们让她坐在警方的巡逻车上，坐在前排而不是后排，把她径直带到了警察局。

戴莉夫人很遗憾他们没有开启警笛，不过她对此保持着矜持的沉默。

冗长的取证过程快结束时，警察把她带到计算机屏幕前，给她看了一张照片—— 一个男人站在黑色卡车旁。他们必须把人像放大十倍才能看得清男人的脸，但一看到照片，戴莉夫人脱口而出："就是他！"

警官希望她仔细确认，戴莉夫人气得拍起了桌子："该死的，我眼里无光，但就像蝙蝠一样，不是瞎子！我敢把命赌上，就是他！"

现在，她指认了一个疑犯。警察当堂打印了一张宣誓证词，让她在两个证人面前签上了自己的名字。她对自己依然活力满满感到欣慰，不过她已经从几十年一遇的兴奋感中，渐渐平静了下来。

忽然她只想把头放在眼前的金属台面上，永远地闭上眼睛。

那天傍晚，当戴莉夫人回到家，坐在多年前从家具租赁中心租来的那把十分舒适的椅子上时，她意外"发现"了工作服口袋里的胸针。

她颤巍巍地举起别针，煞有介事地惊诧道："老天啊，我把这可爱的圣诞树小别针的事忘到九霄云外去了……"

★

协查通告放上网的两天之后，桑德森警官接到了一个来自犹他州雪松市的电话。疑犯在雪松市市郊的一个廉价旅馆踏上了逃亡的旅程。旅店里发现了被窃的财物，遗留的物品中包含了几本画着精巧图案的电话本。

这是个令人欣慰的开始。

疑犯和两个儿子已经走了八百多英里。现在他们仍然在逃，但桑德森相信他们的落网只是时间问题。

接下来的整个下午，桑德森一直在查阅雪松市发来的调查报告。有条记录引起了他的注意：警察在旅店房间坐垫下塞着的塑料袋里发现了一只沙丁胺醇吸入器。这只吸入器是圣心医院开给黛比·贝尔的。

桑德森靠在办公椅上，心中升起不安。他小时候得过哮喘，好在发育期便已治愈。如果不是他母亲全心照顾，这根本不可能。

桑德森警官现在对两个男孩的担心又深了一层。

20

克拉伦斯完全失去了理智。

虽然他这人本来就没有什么理智可言，但在卡车沿着高速公路快速前进的时候，克拉伦斯圆睁着双眼，眼神里流露出与以往不同的疯狂。

行进了三十英里以后，克拉伦斯把车开下高速公路，换上另一块车牌号码。但这已经于事无补，坏人们已经盯上了他。

问题出两个小子身上。

一切这都是他们的错！就在这当儿，坐在后座的里德尔又开始大口大口地快速喘气了。这真让人抓狂。气喘，咳嗽，喉咙不断地痉挛着。听到这种声音，克拉伦斯的鸡皮疙瘩都出来了。里德尔这么干完全是故意的，他只是想知道自己对他的咳嗽有没有反应。好吧，他马上就要做出点反应来给他们看看。

当然罪魁祸首还是萨姆。他居然去钓了个姑娘！姑娘总是会彻彻底底毁了你的生活，古往今来都是如此。

当公路巡警从另一个方向和他们擦肩而过时，克拉伦斯做了个决定。趁着警车还没有掉头跟在他们后面，他把车开上了一条通往山区的小路。

卡车从沥青公路转到砂石小路，克拉伦斯跳下卡车，从车的后备箱里取出一把钢丝钳，把美国森林管理局挂在通往集材场的公路大门上的那把大锁从链条上卸了下来。

卡车沿着国家公园的偏远山路往上爬，那是完全的另一个世界。

★

鲍比的新城市越野车停在贝尔家门口。他急切渴望埃米莉能邀请他进去，但他刚说完自己会持续关注案情以后，埃米莉便抓住包打开了车门。这让他感到自己和那些老掉牙的电视剧里的白痴没什么两样。

埃米莉问："你还打算进一步调查吗？"

鲍比点了点头，然后脱口而出："这是当然。我打算去妈妈的办公室看看她和警方的联系记录，瞧瞧他们有什么发现没有。你知道，他们私下里会有爆料。"

埃米莉点了点头："那样就好。"

埃米莉转身走进家门。鲍比忽然意识到，自己应该开车离开，而不是注视着埃米莉一路穿过草地。他不应该表现得这样迷恋她。

鲍比把车朝与家相反的方向开去。如果把对手看作"敌人"的话，他就必须在这场战争中占得先机。

当鲍比走进父母工作的办公楼时，他妈妈正和一个新客户在走廊里端的小会议室里。鲍比走进妈妈的办公室，并随手带上了门。

他妈妈的邮箱开着，鲍比知道，当有重要信息要从警察那里得到答案时，最好的方法是模仿妈妈的口吻给警察写信。

所以，鲍比按下“写信”键，给桑德森警官写了封短信：

请查看一下，尼德尔巷的案子是否有新进展。

——巴布

接着鲍比就坐在那儿等着。过了一会儿，收件箱里出现了一封电子邮件：

犹他州雪松市传来线索，认出了照片中的人，发现了被盗的财物。嫌疑人仍然在逃。

鲍比瞪着电脑屏幕。

这可不是什么好消息。他希望没人能再获得这些人的只言片语。鲍比按下“删除”键，从办公椅上站了起来。他不想把这个消息告诉埃米莉，他必须让埃米莉确信“敌人”不会再回来了，但要采取种比较委婉的说法。

如果她伤心欲绝，不是更好吗？他将成为她的依靠。

21

这条砂石路一年中有大半年是无法通行的。

这条路原本是用来运木头的，是林业局伐木所建立的公路网中的一条，现在主要用于季节性防火。即使在这个季节，湿润的泥土中仍然点缀着肮脏的雪块。

克拉伦斯不知道自己身在何处，也不知道该往哪里去。但他一直把脚放在油门上，踩着低速挡，把车越开越高。

红褐色的岩石渐渐消失，接下来便是短叶松。这些松树长得又高又大，高耸入云。重峦叠嶂，公路盘旋其中。路的另一侧，则是悬崖峭壁，那儿的树长得更高，也更多。

在山路间穿行大约三小时以后，克拉伦斯把车开过一处山角，看到路上的砂石几乎已经被冲刷殆尽，一股巨大的湍流扫过山路，如同冰冷的瀑布一样沿着山边奔流而下。

克拉伦斯把卡车扔在停车场，然后走下车。两个男孩无言地对视了一眼。他们仍然坐在后座上。不过，两人都很想尿尿了，只得打开了车门。

外面很冷，比卡车里冷多了。萨姆想活动一下身体驱走寒气，但外面实在是太冷了，他转身想回车上取外套。然后，他突然记起来了。哪儿来的什么外套？他们所有的家当几乎都留在汽车旅馆里呢。

里德尔晃着双腿，试探着下车，终于够到了凹凸不平的岩石上时，他不由自主地深吸了口气。他双手捧着面颊，昂起头，呼吸着冰冷的空气。冷空气有助于他的呼吸。

这些年以来，他有过多少次可怕的遭遇；这些年来，有多少次他感到自己被塞进盒里，有人在外面封住盒盖，不让他从盒子里逃脱出来。

但与之相比，今天的情况更糟。

里德尔把手从脸上放下来，意识到萨姆走到了自己的身边。萨姆拿着件从车厢里找到的旧毛衣，示意里德尔穿上，里德尔马上就照办了。

克拉伦斯继续凝望着前方的溪流，好像挑衅的眼神能使水流改变方向一样。萨姆往山下瞅了一眼，但视线被稠密的松树和尖利的岩石挡住了。耳边传来狂野的水流奔腾声，好像山下真的有条大河一样，不过他看不见那条大河。两人尿过尿后，他俩一起跳上了卡车。

萨姆觉得肚子饿得咕咕直叫。几小时前离开汽车旅馆的时候他就觉得恶心了，现在这种感觉开始逐渐减弱，他的身体渴望食物。

克拉伦斯突然摇摇摆摆地转过身，表情因愤怒而扭曲着。

“你们两个小子觉得我们该怎么办？”

萨姆和里德尔沉默着。克拉伦斯的声音更大了。

“我在问你们呢！”

萨姆没有看他，半晌过后才回答：“这里没地方掉头，看来我们只能倒回去下山了……”

克拉伦斯突然用一种近乎耳语的声音说道：“那就是你们想做的？那就是你们解决问题的方式……”

萨姆点了点头。克拉伦斯爆发了：“我才不下山呢，我绝不跟你们一起下山。你们想都别想。”

克拉伦斯转身爬上车前座，愤怒地甩上门。接着，他狂怒地踩上油门，把卡车开上了车道。

卡车直接闯进了溪流。溪水比看上去还深，卡车的右侧前轮胎突然陷入了一个看不见的水坑。卡车的左半部分侧翻过来，后轮不停地打着空转，把石块和水流弹到各个方向。

接着卡车的前轴断裂了。

前轴断裂的声音像枪声一样在森林里回荡着。

★

十几年来，他们拥有过好几辆卡车，但自从在图克森郊区安营扎寨后，这辆野兽般强劲的卡车就一直跟着他们。现在，它却一动不动地陷在了山路的溪流之间。

克拉伦斯坐在方向盘后面，没有下车。萨姆对里德尔做了个手势，然后和他一起向山路上坡一侧那棵倾倒的大树走了过去。他们找了个地方坐下，等着父亲想办法。

四周一片沉寂。

只有松树顶上轻微的风声飕飕入耳。

接着他慢慢地听到了别的声音。鸟儿欢唱，松鼠轻叫，溪水潺潺，山下遥远的河水声也飘入耳际。

萨姆在脑海里把这些声音都化成了音乐。小鸟、松鼠、溪水和河流变成弦乐器，合成一曲美妙的交响乐。他闭上眼睛，想象着自己会如何演绎这首乐曲。激动人心的旋律配上脉动的鼓声组成持续而狂热的音乐。这时，萨姆的手指似乎感触到了自己的那把旧吉他。里德尔咳了起来，萨姆把咳嗽声想象成铙钹的响声，与天地间的其他声响有机地结合在了一起。

卡车的前门打开了，萨姆脑中的音乐突然停了下来。他把眼睛睁得老大，身体不由自主地紧绷起来。他望着卡车，看见克拉伦斯从抛描的卡车里慢慢走了下来，手里还拿着把枪。里德尔突然惶恐地看着萨姆，现在会发生什么事？

脑海中的音乐突然又响了起来。萨姆径直朝父亲走了过去。

★

克拉伦斯只有一个念头，这个念头从四面八方涌上来，占据了他的整个脑海。这该死的山路，这辆不管用的卡车，还有远处那棵看不顺眼的大树。脑海中响起一个声音：该了结了。

该了结了！如果还带着这两个男孩的话，他什么地方都不能去。为了他们，他已经尽了全力。不，他简直是操碎了心，但他们呢，却总拖他后腿。这两个孩子犯了无法弥补的错误。是他把两个孩子从悲惨的境地拯救出来，可看看他们带来了什么？

现在唯一的问题是先处理哪一个。处理完这两个孩子以后，他就会人间蒸发。他会遁入山区，隐匿一阵子。他精通野外生存技能，毕竟他在阿拉斯加生活了那么多年。他可以打猎、捕鱼、躲过暴风雪的侵袭。几个月后，他会走出这片荒郊野岭，那时他会从头再来。他会到北方去碰碰运气。

这一切总算该彻底结束了。

★

克拉伦斯端起枪，查看里面有没有装满子弹。他打开车门，踏入冰冷的溪流，看见萨姆站起来了，他和里德尔已经在那根木头上坐了四十来分钟。

克拉伦斯跨了两大步，冲出冰冷的溪水，然后举起枪。他瞄准了萨姆，萨姆却还是直直地迎上来，克拉伦斯吃了一惊。

他原本以为萨姆看到枪以后会转身逃跑。他原本希望两个孩子都能背后中枪，这就是他的计划，但现在看来不太可能了。他检查着按在扳机上的手指，听到走得越来越近的萨姆在对他说："一切都结束了。"

克拉伦斯没有应声。他一直将枪口对着萨姆，萨姆身后传来里德尔的嘶吼声。里德尔从没对任何人大吼过，毕竟吼叫会大大耗掉肺的气力。但里德尔现在却在拼命大叫："不要！不要！千万不要啊！"

克拉伦斯把枪管从萨姆转到里德尔身上，对他吼道："闭嘴！"

克拉伦斯扣响扳机开火时，萨姆恰好扑到了克拉伦斯身上。这一枪没有打中刚从木头上站起身的里德尔。他非但没有逃跑，反而朝萨姆和克拉伦斯跑了过去，这时萨姆和克拉伦斯都倒在了地上。

倒地以后，克拉伦斯手里的枪掉在砂石地上，又一颗子弹从枪膛里发射出来。枪膛的后坐力恨恨地击中了克拉伦斯的胸膛，克拉伦斯一个趔趄，正好从悬崖上掉了下去。

就在掉下山的那一刹那，克拉伦斯伸出手，一把抓住萨姆的手臂，将他一块拉下了山。

里德尔尖叫着跑到悬崖边上，看着已经分开的克拉伦斯和萨姆像两个布娃娃似的不断往下翻滚着。他们穿过岩石坠落在树丛里，最后完全消失在眼前。

“萨姆！”

霎时间，风声仿佛也弱了下来。

松树的树梢停止了摇动。

里德尔跳下悬崖，追随他们而去。

22

埃米莉把宣传册上萨姆的照片交给了警方。她从来没想过理发店同样也给里德尔拍了照片，但是诺拉，以她惯常的迟钝方式，提醒了她这一点。

尽管她并不是有意这么做的。她只是问埃米莉，是不是还留着那张理发店的宣传单。为了在班级舞会上出把风头，她一直想着让洛里去那家理发店剪头发。埃米莉难道不觉得这是个好主意吗？

“萨姆剪的那个头真是棒极了。洛里想剪个寸头，可那样我会晕过去的。他的头型已经够怪的了，不把头发弄好怎么能出去见人，你觉得呢？”

埃米莉关上储物柜，径直向丘吉尔高中的前门走了过去。以往她从来没有不写请假条就径自离开过学校，她很惊讶自己竟然不觉得心中有愧。

走过六个街区，埃米莉上了一辆蓝色跨越城区的公车。她坐在后座上，脑海中浮现出萨姆和里德尔的身影。也许他们是搭同一趟公车来她家玩的呢，也许将来的某一天他们还会乘上这辆车，但擅长数学的她很清楚必然和概率之间的差别。

当埃米莉出现在“出众理发店”的时候，雷福德坐在店门口，琢磨着美国为什么不能掀起一股流行短发的风潮，这样他就能去夏威夷旅游了。只要有知名演员、模特、歌手留上三英寸的短发在舞台上露个脸，很多人都会仿效，他的理发店也就不愁没有生意了。

这是他的梦想。这梦想给了他新的希望。

看到埃米莉站在店门口的人行道上，雷福德对她笑了笑。埃米莉并没有回应。女孩长得非常漂亮，但眉宇间有股与年龄不相称的严肃。她看上去非常悲伤，这种神态最适合改变造型了。他把门大打开，问埃米莉有什么需要他帮忙的吗？

★

雷福德没花太大工夫就找出了里德尔的照片，因为这张照片是和萨姆的照片同一天翻印的。萨姆的照片被取用的次数很多，现在理发店所有的广告都用上了这张照片。“出众理发”的名片和星期一的半价抵用券上也都有萨姆的头像。

趁着雷福德把照片传送给她的工夫，埃米莉看了看电脑屏幕。里德尔看上去长得比想象中还要怪。他的双眼斜视着，身形瘦小，看上去像个被社会遗弃的人。看到埃米莉露出悼惑的表情，雷福德说：“你要找的是这个人吗？”

埃米莉点点头，眼睛仍然紧盯着屏幕上的那张照片。

克里斯特尔在店堂那头把一位抱怨自己年纪过大的女人的粗短头发染成金色；接着摘下手上那双散发着臭味的粉红色手

套，把它们扔进水槽里，然后加入到对话中。

“这么说他们都惹上麻烦了吗？小的那个犯上点儿事我还能理解，但年纪大的应该不至于……我觉得他是个——”

埃米莉打断了她的话：“他们什么错都没犯，他们是受害者。”

雷福德和克里斯特尔都不知道这番话意味着什么，但克里斯特尔还是点点头表示支持。不知道再说什么，克里斯特尔只得换了话题：“我很乐意为你做头发——如果你想换个新发型，我竭诚为你服务。”

埃米莉看了眼克里斯特尔。她为萨姆和里德尔都做过发型。对埃米莉来说，这点儿联系已经足够了。

“我的钱不够。只是来取照片的——”

克里斯特尔伸出手，抓过一件粉红色的工作服。

“包在我身上，我可以拍造型前后的照片用来做宣传。”

★

埃米莉问她是不是可以把自己的头发捐赠给为癌症儿童做假发的慈善组织，理发店的人说可以为她做些安排。他们把埃米莉的头发扎成一束棕黄色的发辫，雷福德用大号剪刀咯嚓一剪，把这束头发整个取了下来。

埃米莉听说过当女人心碎的时候，通常会把头发剪掉。事实上，埃米莉感觉自己的心脏已经被撕成了碎片。做头发的时候，埃米莉始终闭着眼睛。她总是留着一头棕褐色长发，在孩提时的照片里，她的头发就已经像一席丝绒幕布一样美丽了。

克里斯特尔完成工作以后，埃米莉抬头朝椭圆形的大镜子里看了看。她本以为短发能让她看上去小一点，也许会使她湮没在人群中。

但她完全错了。发型非常时髦。她看上去像大了几岁，甚至有种成熟的魅力。

克里斯特尔打印出雷福德给埃米莉拍下的照片，把它和萨姆的快照钉在一起。

埃米莉对能和萨姆并列在一起感到欣慰，尽管这两张照片只是钉在“出众理发店”淡褐色的墙壁上。“出众理发店”本身又坐落在微型购物中心一个毫不起眼的角落里，旁边只有一家因经济危机而倒闭了一年有余的宠物美容中心。

★

克拉伦斯对一件事的判断是正确的：犹他州公路巡警正囤重兵于这一区域。因为出现了许多报案记录，并且因为有未成年人牵涉进来，克拉伦斯已经从偷窃财物的嫌犯升格为一个作案累累的重罪犯。

桑德森警官已经和犹他州警方通了电话，向他们提供了那两个孩子的更多细节。他甚至想亲自去犹他州跑一趟。

接着，桑德森警官接到了蒂姆打来的电话，蒂姆告诉他自己弄到张年幼孩子的照片。这张照片非常有用。它是在理发店里拍下的，拍照时间仅仅是几个月以前。

拿到里德尔的照片以后，桑德森把这张照片和萨姆的照片一齐发到了失踪儿童的热门网站上。美国的所有法律实施机构都会登录这个网站。

因为再过不久，桑德森警官很可能会重新调查传言在租赁土地上进行巨额大麻交易的本地商人，他决定抓紧时间在两个男孩身上挖掘更多的线索。

他知道他们的年龄，现在又有了他们的照片，他们肯定是从什么地方过来的。贝尔家的人告诉他，两个男孩这些年来辗转过许多不同的地方。于是他便开始探究起这两个男孩幼年时的故事来。

这和大多数同类案件的情况恰恰相反。

别的案件都能提供失踪儿童小时候的照片——画家或图像合成师根据这些照片模拟出他们现在的样子——但桑德森警官却要从两个男孩现在的照片重构出他们儿时的模样。

十年之前，谁家走失过两个男孩呢？

23

里德尔连连撞到岩石和树木，然后往下滚落、滚落、滚落。一直滚落到一座大峡谷的谷底，他的右臂挂在枯树上的一截树枝上，他停了下来。

里德尔站起身，抬起头，眯缝着眼，看向强光。他垂直坠落了一大段距离，但奇迹般的是，他居然没有缺胳膊少腿。只是左脚受了点儿伤，右眼上有道划痕。

鲜血像温热的肉汤一样从伤口处汹涌而出，当他的思维清醒之后，他才意识到自己跳下了悬崖并且奇迹般地存活了下来。

他抬起头，看着自己纵身跳下的地方，突然感到一丝后怕，巨大的恐惧感刹那间把他吞噬了。

他使出浑身力气大声呼叫着：“萨姆！”

★

没有回音。

★

克拉伦斯听到下方遥远的地方传来里德尔呼喊的回音。

里德尔怎么会掉到山下去了？自己又怎么会在这个岩架上呢？

他是从悬崖上掉下来的。至少这事儿他还记得。他一定是在栽到岩石上时摔断了右腿。他低下头，看见右腿的一部分骨头裂成碎片，刺穿皮肤，裸露在外。他看见鲜血、骨头和与想象中不一样的黄色软骨。

断腿一侧的锁骨也一定已经错位了，把手放上去的时候，他摸到一个肿块。他试着动弹了一下，一股钻心的疼痛席卷了他的全身。

他闭上眼睛，试图集中注意力。山路盘旋在他头顶，河流和谷底远在身下，他被困在了这个上不及天、下不着地的鬼地方。

好吧，如果他继续在岩架上受冻挨饿，他就死定了。

克拉伦斯从没遇到过如此棘手的情况，以前无论再大的危机他总能轻轻松松地应付过去。他听见里德尔正在用沙哑的嗓音呼喊着萨姆的名字。他从来没听过里德尔喊得如此声嘶力竭。

他突然呕吐起来。

世界开始在他眼前旋转。现在需要摆脱的东西又多了一样，他必须从这堆肮脏的呕吐物旁边脱身。

他又朝上看了一眼，发现自己下坠的距离还不到山高的一半。他要沿着凹凸不平的山边小道爬到主路上去。卡车里有瓶伏特加，后车厢还有沙丁鱼饼干。只要能吃到那些饼干，他愿意付出一切。

每动一下鲜血淋漓的伤腿，克拉伦斯就会感到一阵钻心的疼痛。但如果这就是所要付出的代价，那他就必须这么做。慢一点儿，尽量慢一点儿，抬起腿，慢慢向前移动，像只昆虫似的朝山路那边挪过去。像只靠四条腿行走的昆虫一样继续保持移动。

因为山顶上有沙丁鱼饼干在等待着他。

★

里德尔不停地喊着萨姆、萨姆、萨姆，喊了好几个小时，但他听到的只有虚无的回声。

于是他绕过岩石，朝林中走去。

他知道如果把所有地方都仔细搜寻一遍的话，他就一定能找到萨姆。像画画一样，他在脑海中勾勒出谷底的地形：三块大石头，高不可及的树木，下方的河流。

他便开始依着地形图开始搜寻，天色渐暗，黑夜几乎快要来临的时候，终于看见了一个身影。

那是萨姆。他就在那儿。

他死了吗?

不，他没死。他的胸膛仍在起伏，他只是睡着了。他的眼睛一直紧闭着，不管里德尔怎样冲他狂喊“快醒醒”，他也依然没有醒来。

里德尔滑下坡，来到河水边，这是一条汹涌的河流。里德尔找到一块土质柔软、松针遍布的泥地，把地上的石块全都清理干净。

地上仍然存留着小块积雪。但这也许未尝不是件好事，也许雪会让萨姆感觉好一点儿，因为他的脸又红又烫。

里德尔折断冒出了新芽的树枝做个枕头，这种树枝的柔韧性要比地上零乱的散树枝好得多。接着他走到萨姆身边，准备把萨姆移到河边去。

萨姆非常重，里德尔根本拖不动。他只能抓住萨姆的领口，把他用力朝前拽。

萨姆露出苦楚的表情，里德尔知道自己一定是把他弄疼了。但这时萨姆依然没有醒来。

★

他睁开眼，四周一片漆黑。

他死了。人只有死时才会见到这样的黑暗。除了黑暗还是黑暗，头脑一阵晕眩，胃里恶心得想吐。

但他的眼睛终于慢慢适应了周边的黑暗，一些细小的光点开始闪烁。他用了半晌才意识到，那是星星，满天的星星。

他感觉到透骨的寒冷。

接下来，他感到肩膀上的肌肉在抽动着，然后是胸膛，准确点说应该是侧胸。左侧肋骨感到一阵疼痛。

接着他听到某种动物的声音。很大的动物。原来他终究难逃一死。那就死吧，死了以后不会感觉到冷，也不会疼。

他闭上眼睛，控制不住发出痛苦的呻吟。

动物说话了。“萨姆，你醒了吗……”

萨姆睁开眼睛，重新适应了黑暗，借着星光，看清了弟弟的身影。

“里德尔？”

里德尔双臂环抱住他，哭了起来。他的头压在他的肩膀上，带来又一阵难忍的痛楚，但萨姆却没有叫他放开。最后里德尔收回手臂，泪眼婆娑，嘴里蹦出几个字：“你还好吗……

萨姆，你还好吗？萨姆？你还？萨姆？你还好吗？”

这时萨姆意识到自己的嘴巴非常干，像棉花，像尘土，像沙砾，像含着玻璃的沙砾那样干巴巴的，甚至连动动舌头都很困难。不过他还是艰难地问了一句：“有水吗？”

里德尔站起身。萨姆看见了他这个动作，里德尔至少还能走。

但他走路的样子很滑稽，像是跛了脚。天太黑了，萨姆看不太清。回来的时候里德尔手上捧着只鞋。一只盛满了水的鞋。

里德尔把鞋放在萨姆的嘴边，萨姆微微地抬起了头，但这是个错误，一个巨大的错误。因为这时疼痛从他的手臂沿着肋骨传到了臀部。他的头简直快要炸开了。

里德尔马上明白过来，把鞋又往萨姆嘴边靠近了一点儿，鞋里的水马上就碰到了萨姆的嘴边。冰凉甘甜的河水顺着萨姆的嘴角往下流，萨姆顾不得疼痛，把这口水一咕噜咽了下去。

现在，他明白自己还活着。

他把鞋里的水全都喝了下去。

只要轻轻一动，他的手臂就像在火上烤似的，难受极了。似乎有人在他的肩膀上钻了个口，把洞从手臂上部一直打到脖子里。

他痛苦地大叫起来。里德尔碰了碰他，心神不宁地问：“萨姆，你还好吗？你还好吗？”

萨姆闭上眼睛，意识到自己的头正放在松针和树枝垒出的枕头上。这一定是里德尔为他做的。萨姆说：“我很冷……”

接着一切又重归黑暗。

★

萨姆在冰冷的夜风中不停地颤抖着。里德尔把河边所能找到的一切蕨类植物都捡了过来。现在，他的怀里堆满了这种植物。然后，里德尔把萨姆从后车厢里找来的那件旧毛衣脱了下来，把它包裹在萨姆的腿上。接着，他细心地把蕨类植物一层层地盖在萨姆身上，像电路板的内部结构似的全都指着同一方向，最后只把萨姆的头留在了外面。

之后，里德尔掀起蕨类植物，挨着哥哥睡着了。

天蒙蒙亮的时候，里德尔就醒了过来。萨姆的胸膛一起一伏，他还在呼吸，他还活着。里德尔很饿，真的非常饿。但和哥哥睡在一起他又觉得很暖和，所以直到太阳高高升起，温暖的阳光照在萨姆和河岸之上时，他才懒洋洋地从地上爬了起来。

里德尔用鞋从奔腾的河流里舀过水，然后一口喝了下去，希望河水能帮他止住胃部痉挛。但河水并没有起到这样的效用。他在森林中的一块烂木头上坐了下来。

过去，萨姆总是照顾他们两个人。现在，萨姆却在蕨类植物下面一睡不醒。里德尔瞧了瞧自己的左手，感到有些细小的东西在他左手边蠕动。他仔细一看，发现几只黑色的小蜜蜂正在腐烂的红色树皮上钻洞，就在靠近他左手拇指的地方。

它们看上去和糖块差不多。

有腿的糖块。

里德尔伸出手，从木头上扯下一只蜜蜂。蜜蜂在他手指间挣扎着。让它挣扎一会以后，里德尔拔下了蜜蜂对称的六条腿。现在蜜蜂终于不再挣扎了。

现在它真的和糖块一样了。

里德尔把蜜蜂扔进嘴里嚼了起来。一股辣味坚果的味道充满口腔，和卡在车后座里的坚果味道差不多。

里德尔伸出手，抓起四只蜜蜂，扯断腿以后把它们全给吃了下去。他越吃越香，最后干脆把手伸进洞口，从里面抓起一把蜜蜂来。

有东西嚼总是件好事。

★

里德尔把一根锋利的小木棍插进腐烂的木头里，从里面鼓捣出上百只蜜蜂来。

他吃了很多蜜蜂，直到舌头发涩才停了下来。蜜蜂尝起来有点儿酸，味道和洒上了胡椒粉的柠檬片差不多。考虑到萨姆也需要吃点儿东西，里德尔抓了更多的蜜蜂，把拔下来的腿放在一只空鞋里。

里德尔担心这些蜜蜂坚果填不饱萨姆的肚子，于是他便沿着河岸一路搜寻下去，在下一个转弯处发现了一个水塘。

河水在这里停滞不前，交汇成几个水塘。塘边缘的水呈深黑色，看上去跟沼泽似的。里德尔走近一看，发现这里到处都长着香蒲。

里德尔看着这些香蒲。它们长得简直像热狗。里德尔摘下一根绒毛状的香蒲枝，捧在手里，闭上眼睛，将那柔软的枝条贴近面颊。香蒲的味道很好闻。睁开眼睛以后，里德尔低下头，发现没有成熟的香蒲枝条已经伸出了水面。

里德尔弯下腰，扯下一根新发芽的枝条，剥去外层绿色的表皮，柔软的白色茎干立即显露在眼前。他本能地咬下一口，味道与生西葫芦和新鲜黄瓜非常像。

他又咬下一口。

味道不错，真的很不错。尤其是在吃了这么多蜜蜂之后。

24

里德尔回到萨姆身边的时候，他已经醒来，仰视着摇曳的松树枝发呆。

里德尔手里拿着一把香蒲，上面的鞋子里装满了蜜蜂。

"萨姆！"

萨姆用尽力气只发出微弱的声音："嘿……能帮我弄点儿水来吗？"

里德尔小心翼翼地把香蒲放在地上，飞快地跑到河边，用另一只胶底鞋舀了些冰凉的河水，然后把水送了回来。看到萨姆能说话了，里德尔不禁松了口气，不过并没在萨姆面前表现出来。萨姆还是萨姆，知道这一点就足够了。

萨姆咽下水后，里德尔拿过另一只鞋，从鞋里抓过一把像黑葡萄干似的东西。他把这些葡萄干状的东西放在萨姆手中，萨姆问都没问就把它们放进嘴里嚼了起来，里德尔禁不住露出了微笑。

萨姆吃掉了鞋里大部分的蜜蜂。喝了更多的水以后，他开始慢慢地把身体朝易碎的香蒲枝上挪了过去。

★

吃完东西后，萨姆异常痛苦地把身体侧向一边解了个手，这至少说明他的肾脏还在工作。但现实是，他的骨头断了，也许还在内出血，需要马上找个医生。

春天才会出现的黑色小苍蝇，像张渔网似的成群结队地在萨姆头顶上飞舞着。萨姆看着这嘈杂的混乱场面，头皮一阵发麻。

把心思放在别处，身上的痛楚能随之减轻。萨姆多年前就学会了这一招。这个招数现在又帮他战胜了肩膀骨折、六根肋骨断裂、锁骨骨折、脑震荡以及多处淤伤的痛苦。

萨姆不知道里德尔来这儿走了多长的路。

当里德尔再次出现在萨姆身旁的时候，他把条纹旧汗衫变成了一张吊网。吊网里放着几十根柔软的香蒲。里德尔着魔似的把这些香蒲整整齐齐地排在了地上。

完成这项工作以后，里德尔又小心翼翼地把哥哥从松针遍布的湿地转移到香蒲做的垫子上，这应该能让萨姆感觉好受一点儿。

★

克拉伦斯慢慢地把身体拉向岩石上拽。

他的伤腿因为复合性骨折而变得僵硬肿胀，腿上的皮肤也因为失血过多而变得异常苍白。锁骨依然很痛，不过如果在休息的时候把手臂抱在胸前的话，他可以把这种灼伤般的疼痛感降到最低点。

普通人也许早就放弃了。他们忍受不了这种剧痛，更不会拖着伤腿爬上岩石。对于任何正常人来说，这都是不可能的任务。但克拉伦斯是个疯子。

第二天下午天空少云无雨，在掉下悬崖整整二十四个小时之后，克拉伦斯终于艰难地爬上了砂石公路。

他的卡车陷在远处奔腾的水流中。克拉伦斯用最后一点儿力气摇摇晃晃地走到冰冷的水中，尽情地饮用着甘甜的清水。随后，他蹒跚着走到副驾驶座旁边，打开车门，一头栽在前座上，瞬时失去了知觉。

★

待在树林深处，里德尔并不害怕。因为他早已习惯被抛下。

趁萨姆又睡着的时候，里德尔折断小树枝，用它们制成一道篱笆。然后他又用粗一点儿的树枝垒出一道大约四英尺高的围墙。

想到这样会使晚上暖和一些，里德尔心满意足地坐到了萨姆的身边。里德尔已经筋疲力尽了，他闭上眼睛，手指不停地颤抖。

他渴望画图，但画图本却不在手边。

这时里德尔突然意识到自己的后兜里揣着支笔。他掏出笔，握着圆珠笔让他感觉好了些。里德尔打开圆珠笔，观察着笔的不同组成部分。

圆珠笔由两个分离的塑料外壳和一个纤细的金属线圈构成，顶上的金属夹和笔筒里的小弹簧压制着灌有蓝墨水的塑料管。

里德尔拉起弹簧，弹簧延展成一块弯曲的金属。里德尔把握在手里的散开的圆珠笔放回了裤子口袋，然后蜷缩在哥哥身旁，进入了梦乡。

几小时后，里德尔醒来时，萨姆的眼睛张开着。他直视着天上的云层，希望云里没有隐藏雨水。

里德尔看着哥哥说："我饿了。"

萨姆轻轻点了点头。里德尔与其说是在对哥哥说话，还不如说是在自言自语。

"我在水里看到了几条小鱼。"

里德尔不喜欢吃鱼，但他知道萨姆喜欢吃。里德尔把手伸进口袋，拿出圆珠笔零件，玩弄着卷曲的弹簧芯。萨姆静静地看着他。弹簧看上去非常锋利。

"当心点儿，小心伤着自己。"

接着萨姆闭上了眼睛。

里德尔不断拉扯着弹簧，金属条扭曲得越来越厉害。萨姆睁开眼睛，里德尔仍然在拽着弹簧。萨姆没有力气和里德尔争论，干脆把眼睛闭上了。里德尔深吸了口气说："也许我们可以抓条鱼吃。"

萨姆的眼睛仍然闭着。

"也许吧。"

里德尔的眼中泛着泪光："我不知道怎样抓鱼。"

萨姆睁开眼睛。

哪怕在进展顺利的情况下，里德尔开始做某件事时，也总显得比别人困难一些。圆珠笔小弹簧的末端呈螺旋状，里德尔正试着拉直它。弹簧尖在阳光的照耀下显得尖锐而锋利。

"把圆珠笔里的东西放一边去。把这个……"萨姆仍然戴着埃米莉爷爷的那块旧表，从悬崖上跌落时并没把这块表摔碎。

里德尔一直很喜欢这块表。他曾经多次央求萨姆打开表的后盖，让它看看里面的表芯，但萨姆从来没允许他这样做过。

“让我把它打开好吗？我会小心的。”

萨姆连回答的力气都没有了，动动胳膊就已经很痛苦了。他感到里德尔摘下了他的表带，随后便失去了知觉。

★

里德尔用圆珠笔撬开了表的后壳。表的内部结构真是巧夺天工。闪闪发亮的活动部件完全把他震住了。他用圆珠笔上的小夹子把水晶玻璃表面卸下来，把它小心翼翼地放在松针上，然后继续工作起来。

头顶的阳光依然炽烈。里德尔又想喝水了。他站起身，用鞋在河里舀了些水。回到哥哥身边的时候，水珠依然沿着他的面颊往下滴。有滴水恰好不偏不倚地落在水晶玻璃表面上。

当里德尔继续研究金表的时候，阳光正好照在弯曲镜面的那滴水珠上。强烈的阳光把小水珠转化成一个强有力的发热点。

一根角度正合适的干燥松针开始燃烧起来。里德尔首先闻到了一股焦味。

他很快就意识到自己意外发现了火源。

★

萨姆睁开眼睛，习惯了黑暗的双眼看见里德尔的脸蛋沐浴在橘黄色的火焰中。他以为自己已经坠入地狱。

“不……”

里德尔却显得非常快活。

“我用玻璃表面生了火，现在我们暖和了，我们甚至还能用它烧东西吃呢！我们没有吃的东西，不过我会找些食物。我发誓我会把食物找来的。因为我们有火了。”

★

第二天他们吃了很多松脆的白色香蒲茎，喝了许多冰水。

当里德尔百无聊赖地从裤兜里拿出圆珠笔组件时，萨姆看见一段展开的弹簧。现在，只要找到一段金属线的话，就可以做成一个挂钩了。

里德尔懂得机械原理，因为他曾经把所有的时间都花在绘制机械图上。他从桦树上折下一根软木条，把剥下的树皮扯成条状，然后用圆珠笔上的金属夹将树皮一一扣住，直到连接在一起的树皮足够坚韧为止。

冰冷的河边土壤黑硬而肥沃。里德尔按照哥哥的吩咐把树皮连在一起，从地里挖出紫粉红色的肥大蚯蚓。然后小心翼翼地把拉直了的金属弹簧穿过挣扎着的蚯蚓躯体，把它和圆珠笔上的夹子扣在一起。

里德尔在河旁坐了整整一天，最后终于从河里钓上来一条两磅重的虹鳟鱼。虹鳟鱼在泥地上剧烈地翻滚着，为贪吃一条死翘翘的蚯蚓而狂怒不已。

里德尔捡起块石头往鱼头上狠狠一砸，把鱼敲死了。

他看着周身发亮的虹鳟鱼。鱼的模样漂亮极了，里德尔感觉到一股钻心的疼痛透彻全身。这时他意识到，三天来他和他哥哥第一次能吃顿饱饭了。

里德尔看了看萨姆，发现他还在睡觉。火已经熄灭。

里德尔放下鱼，向山上爬去。

他找到自己扔在火上烧得最彻底的那根树枝。里德尔仔细地查看着粗糙的松树，终于在其中一根上发现了他要找的东西：一大团结晶的树枝液。

里德尔用石头把结晶体磨成一个拳头大的小团，然后走回河边。他在自己造的树篱旁边找了块阳光充足的地方，接着把手表的玻璃表面倾斜在阳光下，使阳光折射在树胶晶体的边缘上。

里德尔很专注，甚至可以说专注得有些过分。很久以前他就知道了自己的这个特质，早已对此安之若素。晶体开始起泡，冒出一缕青烟。里德尔像照顾小动物似地护着这点火星，待火苗稳定下来以后，他往里面加了些小木块，然后又把粗大的树枝放了进去。

过了一个小时，火终于烧旺，可以烤新鲜的虹鳟鱼来吃了。

25

所有人都喜欢埃米莉的短发。

她这样做不是为了以示反抗，而是表明了她和萨姆休戚与共的决心。这也渐渐变成了她对自我的重新认识。

过去的那个埃米莉已经不在了。

随着时间的流逝，埃米莉心头的失望与日俱增。不管萨姆在哪里，不管发生什么事情，埃米莉相信他一定会想办法给自己打电话的，哪怕只是告诉她自己再也不会回来，哪怕只是告诉她说自己的生活太复杂，埃米莉无法理解。

但萨姆没有打电话过来。

沉默本身也是一种沟通方式。埃米莉开始相信，萨姆的沉默肯定是在告诉她，他们再也不会回来了。也许萨姆已经做出了决定。

当知道萨姆一家的实际情况时，埃米莉先是震惊，然后感到愤怒。那愤怒是针对自己的。而现在，愤怒已经转化为深深的孤独。

因此，当鲍比问她愿不愿意星期日晚上和他的家人一起去乡村俱乐部吃晚饭时，埃米莉答应了。

她之前去过一次乡村俱乐部，但那次只是在安耐克·里弗斯的生日聚会上游游泳而已。她从来没去过俱乐部的餐厅，也没有俯瞰过高尔夫球场的平台。晚饭前，俱乐部会在平台上分发酒水和一盘盘的小点心给客人们吃。

她对乡村俱乐部没什么概念。她对那种地方也并不渴望。但鲍比邀请她去参加星期天的海鲜自助烧烤会时，她还是答应了。

鲍比告诉她，去乡村俱乐部吃饭时他必须穿衬衫打领带，外面还必须套上件西装。所有出席宴会的男人还必须穿上袜子。

埃米莉对自己说，去乡村俱乐部说明不了任何问题。这只意味着她必须穿上长袖连衣裙，还有不露脚趾的鞋子。这并不能说明她和鲍比已经是情侣。

因为他们本来就不是。

★

鲍比一点都不喜欢海鲜。

但大多数人却对俱乐部周日烧烤会上堆积成山的粉红色大虾和破壳螃蟹趋之若鹜。就鲍比看来，这很不卫生。

油腻腻的手指伸进盘子里抓取各种各样的食物。巨大的托盘里盛满了烟熏鲑鱼和蘸糖的牡蛎，提篮里放着蛤肉和其他地方运来的贻贝。

鲱鱼像割成几段的小青蛇一样躺在散发着怪味的白色调味酱里。虽然所有的桌子上都放了蒜蓉面包，对鲍比来说，烧烤会现场和散发着臭气的鱼饵店没有多大区别。

但和以前做过的每件事一样，鲍比隐藏了自己的真实想法，在众人间摆出一副兴高采烈的样子来。当鲍比穿过斜面玻璃上刻着乡村俱乐部缩写的双层玻璃门时，他转身对埃米莉亲密地低声耳语："以前这里还有龙虾仁，但出于经济上的考虑，他们把这道菜拿掉了。"

埃米莉不记得自己以前曾吃过龙虾仁，她只记得在"海盗船长"饭店里吃过炸熟的海虾钳。那些虾钳吃起来和裹着面包粉的大虾差不多，谈不上什么美味。

鲍比的妈妈巴布长长地叹了口气："龙虾仁是我的最爱……"

一道悲伤的阴影出现在她脸上，显然她在出门前抹上了很重的粉底。鲍比深深地为母亲感到难过，觉得她对化妆品的选择和对龙虾仁的偏好都不太明智。

进入俱乐部以后，埃利斯一家和埃米莉被带到窗户边上的一张小桌子前。鲍比说白天这里是餐厅里最好的一张桌子，因为只有这里才能看到窗外的花园。

埃米莉向外望去，却只能看到黑乎乎的一片。

有个侍者过来替他们点酒水。鲍比的父母要了添加许多橄榄的马提尼酒，鲍比要了健怡可乐，埃米莉要了柠檬水。

鲍比希望喝健怡可乐不会让他在埃米莉面前显得娘娘腔，他习惯了健怡可乐的味道，反而对普通可乐有些不太适应了。酒水端上来以后，鲍比的父母开始向埃米莉提各种各样的问题。鲍比虽然心里很不爽，但脸上还是露出着一贯友好的笑容。

他知道父母是习惯成自然。他们一个是律师，一个是侦探，询问是他们的拿手好戏。在他们的日常生活中，提问代替了对话和闲聊。

从很小的时候起，鲍比就学会了回答问题时，只挑提问者喜欢听的回答，这可以阻止他们提问。但埃米莉显然不懂这套把戏，她对鲍比父母的各种问题，都回答得很坦诚。

巴布喝完她的第二杯马提尼以后，他们起身去拿自助盘。

鲍比没去拿盘子，因为他从平时的菜单上叫了一份加了许多蘑菇酱的索尔兹嫩牛排。

硕大的宴会厅里只有他一个人选择吃牛排。

★

吃饭时埃米莉的状态好极了。回到家的头两个小时她也没有感觉到什么不适。

但就在要睡觉时，她的胃开始翻江倒海，她全身冒汗，接着，她就把头埋在抽水马桶里吐了起来，一埋就是四十分钟。从记事以来她就从未得过这样严重的急病，埃米莉一边吐，一边明白，这一切理所应当。和鲍比去吃饭，是对萨姆的背叛，而现在，她正为此付出代价。

26

克拉伦斯在卡车的驾驶室里待了整整五天。

他喝光了两瓶可待因咳嗽糖浆，喝掉了所有的伏特加，吃掉了沙丁鱼饼干和里德尔在工具箱里藏着的条状奶酪，他像吃蛋糕似的吃完了一整瓶阿司匹林干燥片，他舔着苏打罐的罐口，直到罐口上的利边把他的嘴唇磨破才罢休。

但现在他必须面对如下事实：他的车坏了，一条腿也断了。

走到山下的那条路上才能得到救援。

但他走不到那条路上。

裸露的大腿伤骨周围，感染很严重。即便对医学一无所知的克拉伦斯也知道，如果让坏疽沿着身体缓慢地爬到脖子上，他很快会没命。

接着他突然记起自己在远处的后车厢里放了一只偷来的女式手机。手机的各项服务可能早就注销了，但克拉伦斯不是听说过手机本身也会发出某种信号的吗？如果他按下“911”这三个号码，手机发出的信号会不会让人知道这里有人需要急救呢？

他痛苦地把自己一寸寸地从黏糊糊的车前座移动到后车厢里。

手依次掠过偷来的钻石盒、信用卡账单、旧的棒球卡和一些劣等宝石之后，他终于摸到了那台手机。

克拉伦斯双手颤抖地握住了它。搞定了。

但他按下“911”这三个号码后，手机却什么反应都没有。电池早就用光了。

克拉伦斯心碎地抽泣起来。这一切太不公平。

★

吉姆·洛夫伦是个自行车发烧友。

大学毕业后，他决定骑自行车上下班，因此买了辆十速自行车。十速自行车很快就被一辆更好的赛车所替代，自此以后，吉姆决定把毕生精力都投入到自行车的两块踏板上。他每天可以骑上百英里。

骑的距离越长，吉姆面对的挑战也更多。他曾经在四十摄氏度的高温下连续骑行了六个小时，甚至在雨雪天气下穿越过荒无人烟的沙漠和山峰。

从加利福尼亚州的城市搬到犹他州的乡下，从某种程度上也是因为这里能更有挑战地进行骑行。

这天，吉姆把他那辆价值六千美元的碳结构山地车放在一辆小卡车上，然后向犹他州的曼蒂拉萨尔国家森林公园进发。

这时恰值春末，大多通往山顶的公路仍然关闭着。但吉姆是个自行车行家，“对公众关闭”可不代表对行家关闭。

吉姆从高速公路拐到上山的辅道上，皮尔峰在眼前隐约可见。

吉姆知道山路在何处变宽，也知道可以在哪儿把小卡车藏一天而不引人注意。

调整好护目镜，把脚放在踏板上时，天上白云朵朵，枝头的树叶在微风的吹拂下轻轻摆动。

这是个登山的好天气。

★

里德尔和萨姆在河边待了差不多一周。

只要一醒来，里德尔就开始全神贯注为生存而战。

他抓鱼，用圆珠笔割开鱼肚，然后再把它们放在火上烤。在萨姆的帮助下，这把火连续好几个昼夜都没有熄灭。

在这段时间里，他们吃了四只青蛙、几十根香蒲茎和烤蝗虫。他们还吃了不知名的母厥叶、紫藤花、甜芹菜、野生块姜和甘草厥。

里德尔从河岸边土质松软的地方挖出块状根，把它们放在刚熄灭的余烬上。这和黛比把烤土豆片放在烧烤炉边缘是一个道理。

意识到自己吃的大块黑色物质是蜜蜂以后，萨姆马上就不再吃它们了。里德尔把可以找到的一切东西带回来给萨姆，但萨姆不让他吃看上去像婴儿耳朵皮的野生平菇，还把里德尔在死杨木上找到的黑足葵、黄足葵以及大号牛肝菌全扔掉了。

对于萨姆来说，白天很漫长。他平躺在地上，等待着时间的流逝。

但对里德尔来说，真正漫长的是黑夜。他不仅担心下雨，还担心，在有人找到他们之前，会发生更可怕的事。

★

萨姆不再担心克拉伦斯会拿着枪出现在他们眼前。

他担心的是自己和里德尔再也走不出这片树林了。

他希望火里冒出的烟能为他们报信，不过当他发现白烟马上被多雾冰冷的山风吞没时，他就彻底绝望了。

他们在一个狭长峡谷的最底端，除非他们把周围的山峦夷为平地，没有人能从外部发现他们的存在。

萨姆的肋骨不再像先前那么疼了，但胳膊却成了大问题，因此他大多数时间都在睡觉。即便在不那么清醒的状态下，他的内心也在为弟弟的能干而惊叹不已。

★

当吉姆爬上斜坡，走入国家森林公园时，他看见锁链躺在地上，而不是像以往那样牢牢地锁在两根石柱之间。

不过吉姆没多想，锁链被人割断还是被森林管理员放在地上对他来说没有什么差别。

在砂石上山公路上骑行了大约一个半小时以后，他绕过一处弯道，看见溪流中央停着辆黑色的卡车。

卡车呈现出一个非常奇怪的角度，明显陷在小溪里了。吉姆放慢车速。奔腾的溪水似乎在车轮两边分叉开来，卡车上的积尘告诉吉姆，这辆车陷在里面已经不是一天两天了。

吉姆慢慢停下车，从车上跳了下来，这时他看见路边丢着把枪。吉姆感到心跳加速，虽然他觉得自己不能像疯子那样惊慌失措，但心率却还是一直在加快。这是个犯罪现场吗？

吉姆大声喊道："有人吗？"

没有回答。吉姆把自行车放在路堤的上坡一侧，围着枪警惕地走了一圈，然后慢慢向卡车走了过去。

"喂！里面有人吗……"

仍然没有回音。

吉姆站在水流边，他必须蹚进小溪才能到卡车那里一探究竟。

他的那双运动鞋是定做的，花了不少钱。面对着奔腾的溪水，吉姆打起了退堂鼓。但他还是下水了。走向卡车的前门时，冰凉的流水不停地绕着他的两条腿打转。车窗被摇下来了，刺眼的阳光照射在车窗上，让他很难看清里面的东西。

吉姆把拇指放在把手上往上提，暗自希望车门最好锁着。

但它没有锁。

车门一开，封锁在里面的臭气便喷涌出来。吉姆以前从来没有闻过这么难闻的气味。臭鱼、尿液、唾沫和酒精的混合气味使吉姆不由自主地用手掩住了自己的鼻子和嘴。正当他准备向岸边退回去时，后座上克拉伦斯扭曲的身体出现在他眼前，吉姆差点儿没一屁股坐进水里。

他听见一个嘶哑的声音在说："你搞什么鬼搞了这么久？"

★

起身以后，里德尔在河边的岩石之间寻找着食物，他的脚受伤了。

他的身上都是割伤和抓伤，有些伤口已经红肿了，晒焦的皮肤上到处都是星星点点的轻度感染，有些患处非常痒。里德尔揉了揉眼睛，低头看着自己的鞋。

他的运动鞋上都是尘土和碎石。虽然袜子一直没干过，但里德尔总是穿着它们。不穿袜子的话，水疱和擦伤处都会发炎。

三四点钟时，太阳还照在头顶，里德尔结束了无止境的搜索。

他必须脱下鞋，让疼痛的脚趾解脱开来。

头一只鞋很容易便脱了下来，但第二只鞋却必须解开浸满水的紧密鞋带。

当里德尔灰心丧气的时候，他的手指会变得不听使唤。他无法解开紧紧缠绕的携带，于是把鞋子猛地一拉，鞋子上的橡胶和帆布刹那间从里德尔的脚后跟上飞到半空，他没抓住，鞋子掉进河里了。

鞋在冰凉的河水中摆动了几下，然后往下游漂去。里德尔沿着岸边追了过去。

★

从悬崖上往下跳是种非常冲动的行为，但从那以后，里德尔每一步举动的目的性都很强了。他在收集柴火和寻找食物的过程中，一直都很小心，没有出半点儿差错。

但现在，看着河里漂着的鞋，里德尔又开始莽撞起来。

如果里德尔不是毫无理性地专注在这只鞋上的话，他绝对不会跟着鞋跑那么远。他攀过岩石，穿过树丛，喘着粗气追赶着那只破烂的运动鞋。他跌了两个大跟头，一次差点掉进河里，另一次把脚踝崴了，很严重，他只得一瘸一拐地跟在鞋的后面。

经过大约一英里的攀爬追赶以后，河里的那只鞋已经漂得太远，渐渐淡出了视线之外。里德尔觉得自己没有什么指望再拿到那只鞋了。这时鞋的底部突然卡在了河里的一个水弯里，追逐结束了。

湍急的流水可以侵蚀河岸，留下悬垂的表层土。岩石会卡在表层土里形成水弯，里德尔的鞋就是卡在了这种地方。当里德尔走到水弯旁边的时候，他的眼中流出了喜悦的泪水。但这种胜利感并没有维持很长时间，脚踝一直在阵阵抽痛，事实上他已经筋疲力尽了。

他觉得喘不过气来，于是低下了头，这时，某种不寻常的红色吸引了他的目光。水弯另一侧的溪流中，出现了一点儿樱桃红。

里德尔和自己的好奇心做着斗争。左思右想了整整二十分钟后，他把湿透了的跑鞋穿在左脚上，继续往下游走去。

★

那是一艘双人皮艇。

翻转过来的皮艇夹在岩石与河岸之间，皮艇一定在那放了很长时间，因为红色的皮艇表面上到处是黏滑的藻类植物。

里德尔几乎用了一个小时才解开钢缆，把船体从淤泥里挖了出来，最后把皮艇推进河里。当皮艇逆流而上回到萨姆身边时，太阳已经下山，黑暗笼罩四野。

听到弟弟的声音以后，萨姆不顾疼痛从地上爬了起来。里德尔从来没有和他分开过这么长的时间。

虽然已经精疲力竭，但里德尔仍是满脸狂喜。

“我找到了——”

他大口大口地吐着气，几乎快呼吸不上来了。

“我找到了一条——”

里德尔开始喘了起来，说这些话对他来说太困难了。他张开嘴，艰难地吐出几个字：“一条船。”

意识到里德尔拖来了一条皮艇以后，萨姆马上看到了希望。

萨姆只能用没有受伤但却使不上劲的左手来帮上点儿忙。不过最终，他和里德尔使出了吃奶的劲儿，终于把小艇拖出了水面，拽到了岸边。

他们的努力得到了回报。

红色皮艇里的防水塑料箱前塞着个急救包。

急救包里有创可贴、一把小剪刀、阿司匹林、遮光剂、润唇膏、一块抗菌肥皂、盐片、一小卷胶带和一本急救知识手册。

最大的发现是塞在急救箱下面的一个锡纸包。他们在锡纸包里发现了两块士力架饼干，这是对他们最高的奖赏。包装上“饿了吗？来块士力架吧”的广告语，使得两兄弟热泪盈眶。

两个男孩欣喜地看着这个奖赏，感觉像是刚抢了家便利店似的兴奋。在他们以往的经历中，在便利店里小偷小摸可并不鲜见。

这比放假，过生日，过节庆祝都要来得好。它是一份礼物，是一种回报，更是一个胜利。

都是属于他们的。

★

骑车时吉姆总会带上手机，他还会带什锦点心、活力胶、花生酱饼干、硬糖和牛肉干。在克拉伦斯破坏了他的食品袋之后，吉姆拨打了报警电话。他们所在的位置太高，收不到任何信号。他必须下坡骑一段路才能找到支援。

对他而言，这是个巨大的解脱。

卡车里的男人把他魂都吓没了。这个男人像是直接从恐怖电影里走出来的，他就是个守墓人。吉姆深知，如果这家伙不是饿得快死了，而且他的烂腿必需马上截肢的话，他一定非常危险。

而且这家伙的态度很烂。他没有感激，而是愤怒。他不断地咒骂，吐口水，还提过分的要求。

吉姆在卡车后车厢里找到的空伏特加酒瓶里灌满了水，在里面放了块碘片以消灭真菌和病毒。守墓人抿了口水以后，就像发射炮弹似的，把它吐到吉姆震惊的脸上。

“你想毒死我吗？你是不是先在里面撒了泡尿？天杀的你知道自己在干什么吗？”

吉姆试图向他解释消毒的必要性，但根本无济于事。重新骑上车以后，他自己的肚子也饿得咕咕叫了起来，于是他骑着车往山下奔去。

吉姆本来说他会找人回来施救的，但当他听到那家伙还在说污言秽语时，他顿时决定：让专业人员来对付这家伙吧，他不想再见到这个人了。

27

尽管吃坏了肚子，但乡村俱乐部的晚宴过后，埃米莉觉得自己和鲍比的关系又近了一层。他在海鲜自助餐时没有表现得过分贪婪；在他的父母盘问自己时，他也没有像大多数孩子那样发飙。晚宴结束以后，鲍比向埃米莉表达了谢意。埃米莉不安地意识到，鲍比已经悄无声息地进入了她的生活。

课间去楼外的金属野餐桌边时，鲍比总会凑到她身旁。放学后，鲍比总会在更衣箱那边等她。午饭时去小食店买比萨的时候，没几分钟鲍比也准会出现。

埃米莉觉得鲍比好像用了一台计算机时时刻刻跟踪着她。有两次深夜下楼找喝的时候，埃米莉隐隐约约看见一辆越野车在门前的街道上游荡，但她并不是很确定。

埃米莉一直在盘算着说些什么才能使鲍比打退堂鼓，但得知那条惊人的消息时，她却恰好和鲍比在一起。

那条消息改变了一切。

★

桑德森警官放下电话，啜了口凉咖啡。他把电话内容记了下来，目光一直停留在黄色便笺纸上。

犹他州曼蒂拉萨尔国家森林公园发现了一个自称约翰·史密斯的人。

犹他州警察根据桑德森警官发布的照片，判定卡车里的伤员和鲍比拍下的是同一个人。

山上的卡车也正是一周前被雪松市警察追踪的那辆车。不过克拉伦斯换了个车牌，现在的车牌属于内华达州的一辆车，随后的认证工作证实了这一点。

警察在曼蒂拉萨尔国家森林公园发现的这个约翰·史密斯，他的皮夹子里有张伪造的驾驶证。现场还遗落了一把手枪，卡车里还发现了其他两把非法武器和其他偷来的东西。

约翰·史密斯被犹他县治安处拘留，在兰顿地区医院截掉了右腿，现在已经渐渐恢复过来了。

情况好转以后，警察会把他送到安德雷克监狱，等待他的将是多项重罪指控。

手术后的第二天，克拉伦斯才说出了两个孩子的事情。被一个名叫戴莉的老妇人指认出来后，雪松市警官对他进行了审讯，随后他要求为自己请个律师。接着他做出了这样的陈述：他没有做错任何事。山上发生了一起车祸，他的两个儿子都已经死了。

训练后，鲍比开车把埃米莉送回家。当鲍比把车开上砖石车道的时候，他们看见鲍比父亲的车就停在马路边。

对他们两人来说，这都不是件什么好事。

他们飞快地跑进屋，发现两人的父亲都在客厅里坐着。咖啡杯都空了，看来他们已经在客厅里坐好一会儿了。黛比的眼睛肿着。

埃米莉盯着妈妈，刚才她是不是一直在哭呢?

“他们在森林公园的山脉上找到了萨姆和里德尔的父亲。目前他在医院里接受治疗——”

埃米莉突然插话道：“萨姆呢？萨姆和里德尔没事吧？”

黛比开口了：“他们没和父亲在一起。”

埃米莉舒了口气。这是个好消息，他们从可怕的男人那里脱身了。

可大人们的表情看起来似乎都觉得这是个好消息，他们都一副忧心忡忡的模样。然后，她父亲说：“两个男孩和父亲一起乘卡车逃离了雪松城。他似乎绑架了他们，他们的所有物品都落在了汽车旅馆的房间里。”

埃米莉转向妈妈，问道：“好吧。我想知道那个人说了什么？他说他们在哪儿了吗？他说他们碰上什么事了吗？”

一片沉寂。

巴布既没有看自己的儿子，也没有看埃米莉。她的眼睛直盯着客厅里的硬木地板。她丈夫呆呆地看着咖啡桌上的一本书。蒂姆向女儿那边走了过去，他张了张口，最后却什么也没说。

每天都在对付紧急情况的黛比开始对女儿说话了，她的声音坚定而有说服力。埃米莉很熟悉这种声音。当情况变得非常非常糟糕的时候，这种声音通常能给人带来安慰。

“没有任何理由相信那个男人所说的话。他是个小偷，还是个天生的骗子，况且他还处于手术后的恢复期呢……”

黛比沉默了半晌，然后对女儿说道：“他说山上发生了一起事故。他告诉警察当时两个男孩站在上山公路的旁边，接着发生了一起严重的跌落事故。他说里德尔先是滑了下去，萨姆试图把他拉上来，不过最终却和里德尔一起落下了悬崖。

“他们的父亲声称自己马上跑下山找他们，并因此而摔断了自己的腿。犹他州警方派出了一支搜查队在寻找他们的踪迹。”

说话时黛比一直控制着自己的感情：“事故发生到现在已经整整一周了，警察还知道枪里发射过两发子弹。也许那两个孩子都已经不在了。”

★

埃米莉想去犹他州，蒂姆和黛比自然不准。但埃米莉不相信萨姆和里德尔已经死了。决不。

这是绝对不可能的。她一定会再次看到萨姆和里德尔，她会找到他们。他们必定会回来的。

警察一定弄错了。她是对的。

她会和萨姆重逢的，一定会。如果不能与萨姆重逢的话，埃米莉不敢想象自己的未来会是什么样。尽管之前她一直在告诉自己，萨姆走了，她必须尊重他的选择，一切都已经结束了。

但这些话她一个字都不信。

一点儿都不信。

虽然她一直在重复着这些话，但心底里她却相信萨姆终会回来的，也许是很多年以后，也许就是现在的某一天，他就会出现在她的身旁。

视线里的一切都变得模糊，所有的事情都面目全非。埃米莉忽然注意到了扶手椅上的那些污渍。真奇怪，它们一直在那儿吗？

她妈妈看上去老了许多，眼神也比过去黯淡了。是劳累还是上了年纪呢？

还有她爸爸蒂姆，头上现了丝丝银发。到底怎么了？甚至连菲利克斯也显得没有什么力气。

她不知道自己是不是产生了幻觉。

她喝了杯水。吞咽时的感觉似乎和以前不一样了，她咽下去的像是布丁，而不像是水。鲍比一直坐在她的身旁，还好他没有像其他人一样试图安慰她。现在他们似乎都在窃窃私语。另一个房间传来嘈杂的吵闹声。

蒂姆和黛比让弟弟去邻居家待一会儿，可他说什么都不肯去。

所有人都希望她能吃点儿东西。

但埃米莉一点儿都不觉得饿。她也不想休息，她要出门找萨姆。

外面开始起风了。她向窗外看去，树木在狂乱地摇动着身躯，甚至连草坪上的草也在怪异地摇动着。如果看得仔细的话，你会发现草的叶片在轻微地战栗着。虽然已经是春末夏初，寒气早已消失了，但它们却还是感到透心彻骨的寒冷。

即便你套上毛衣，却仍然感觉不到一点点暖意。

外面非常寒冷。

天地之间弥漫着一股刺骨的寒意。

★

鲍比不知道该怎么办。

他从来没和接到死亡消息的人待在一起过。奶奶去世的时候，父母也是在葬礼后才把消息告诉他的。他们说鲍比当时还太小，无法理解生死的真正含义。不过那时他已经十周岁了，很清楚死亡对人来说意味着什么。他很喜欢自己的奶奶，奶奶经常给他吃糖和蛋糕，还告诉他许多鲜为人知的事情。他现在仍然对父母把这件事瞒着他感到愤愤不平。

他内心充满自责。

他一直在假装给埃米莉帮忙，他一直在假装希望找到那两个男孩，而内心深处他却不止一次希望他们死掉。现在他为自己感到害臊。

以前他把萨姆视为"敌人"。这显然是错误的，也许他们的出走在某种程度上要归罪于他。

埃米莉说她想出去走走，鲍比说如果埃米莉愿意的话自己可以陪陪她。他确定埃米莉一定会对自己说"不"，因为埃米莉几乎对任何事都会说"不"。

但埃米莉出乎意料地答应了，并套上件冬天才穿的厚大衣，但实际上屋外并不是很冷。埃米莉的父母很高兴鲍比能陪着她一起散步，鲍比头一次感觉到埃米莉的妈妈没有他想的那么讨厌他。

他们出了家门，走上空荡荡的人行道。天色渐暗，黑夜已经来临了，鲍比不知道该对埃米莉说些什么。他想不出任何可以和埃米莉谈论的话题，于是他干脆什么话都没说。

当他们走到街区的尽头时，埃米莉突然抓过鲍比的手，紧紧握在手中。

鲍比突然哽咽起来。这是他期待已久的时刻，她的身心都完全依赖于他，似乎发出"我需要你"的呼喊。这一事实让他激动难抑，泪水随之落下。鲍比命令自己屏住呼吸，恢复平静，可怎么也做不到。他一边哭一边生气，觉得自己像个丢人的孩子。

但埃米莉一点没觉得鲍比丢人，相反，一看到鲍比的眼泪，她就立刻伸手环住了他的脖子，然后和他一起痛哭起来。他们为了完全不同的理由哭泣着，但这已经无关紧要。

28

那艘船突然成了个麻烦。

被他们称为“巨鲸”的皮艇已经被拖出水面当做睡房的一道天然屏障。里德尔希望划船去下游寻求帮助。他一直叨叨着这件事。

萨姆躺在地上，看着眼前的大树随着他的挪动而微微地移动着，他心里却一直在盘算着这个念头。

第一个问题：他们俩可以在没有救生衣的情况下跳上船，冲进激流吗？答案很明显：当然不可以。

第二个问题：他们俩都谈不上会游泳，一个还很怕水。萨姆在墨西哥学了点儿皮毛，但他不知道自己还会不会。这样的人可以在没有救生衣的情况下跳上船，冲进激流吗？答案很明显：当然不可以。

最后一个问题：手边没有划船用的桨，他们只有捡来的树枝，里德尔觉得粗点儿的树枝兴许能当桨用。还有一件事差点忘了说，他们中的一个可能断了肋骨和胳膊。这样的人可以在没有救生衣的情况下跳上船，冲进激流吗？

这种问题还有回答的必要吗？

所以他直截了当地对里德尔说：这样做不行。

他们就一直待在这里。总会有人来找他们的，这只是个时间问题，也许再过一个星期他们就能得救了。

接着他们犯了个错误。

★

吃完饭以后，里德尔会把鱼骨头和剩下的绿叶植物捡起来，扔进河里。他这样做是因为河边全是黑色的小苍蝇和蚂蚁，它们正饥饿地寻找着各种食物。

吃完皮艇里锡纸包装的士力架后，里德尔把糖纸包装留了下来。在他心里，这糖纸是他们还没有完全被世界抛弃的证据。

糖纸闻起来依然非常香甜。如果风向无误的话，冬眠了一整个冬天的黑熊完全可以闻到四分之一英里外糖纸上的巧克力香味。

此时恰值黎明。太阳还没从山脉的东麓升起。里德尔夜里起来两次，往篝火的余烬里添加木头。他从口袋里掏出旧糖纸，吸了口糖纸上的味道。香甜的巧克力味使他感到很舒服。早晨的森林非常安静，耳边只有潺潺的流水声和阳光下的阵阵寒意，甚至连大多数小鸟也都在睡觉。

醒过来以后，里德尔在地上躺了二十多分钟，抱怨自己的脚为什么会在夜里变得这么冷。接着，他听到了篝火上木材的爆裂声。

但这次的声音与以往有所不同。

身边的萨姆依然在沉睡，里德尔不想吵到他。里德尔屏住呼吸，安静地聆听着篝火处的声音。

更多的劈啪声，更多的断裂声。里德尔断定这不是篝火发出的声音，是其他东西发出的声响，是某种能采取行动的东西吗？

接着他听到了呼吸声。不是他自己的呼吸声，因为现在他没有在呼吸。

里德尔把平时用来遮盖身体的松针、蕨类植物和树枝推到一边，慢慢坐了起来。

离他们仅仅十英尺的地方，一只成年的雄性黑熊正虎视眈眈地盯着他们。

里德尔吃了一惊，黑熊也同样吃了一惊。里德尔大口大口地吸着气。萨姆听到了声音，眼睛突然睁开了。

黑熊把身体重心撑在后腿上，直起来六英尺多高。它高昂着头，张开鼻孔，吮吸着里德尔和萨姆的气息。

萨姆看见黑熊了，黑熊同时也看见了萨姆。

它会伤害他们吗？它会把牙齿深入他们的颅顶，刺穿他们的大脑，把他们马上杀死吗？

里德尔仍旧一动不动地坐在那里。

他直视着黑熊，丝毫没有退缩。他们一直保持着这个姿势。黑熊坐在后腿上，居高临下地望着他们。兄弟俩则惊恐地回瞪着他。

一般的孩子在这种情况下早就吓趴下了。

但里德尔没有。

他很害怕，同时对黑熊怀有敬畏之心。他和黑熊离得非常近，可以闻到黑熊温暖酸臭的鼻息。

黑熊把嘴巴张得很大，在吹风的同时，它还把牙齿咬得劈啪作响。这是它的一种示威，沾满了浓厚唾液的牙齿在阳光下闪闪发光。

连续的几轮咬牙吹风过后，黑熊把身体俯伏在地，用左前掌狠捶着地面，在地面上留下了完美的掌印。

传递了警告信号以后，它转过身，跑进了树林。

★

黑熊的出现使萨姆改变了主意。

他宁愿死在冰冷的河水里，也不愿被黑熊撕成碎片。他准备用皮艇碰碰运气，因为黑熊说不定会趁他们睡着的时候神不知鬼不觉地回到他们身旁。

萨姆没有意识到里德尔的口袋里放着张糖纸。里德尔不知道黑熊要的正是这张糖纸。他们不知道黑熊对他们一点儿兴趣都没有。

黑熊的喘气和张牙舞爪只是在他们面前装装样子罢了。

不过他们必须考虑最坏的情形。

于是他们做了个决定，他们将试一试乘皮艇顺流而下。

兄弟俩在口袋里抓了几把绿色的橡子，以备饿了再吃。里德尔在他们努力保护的篝火上浇了瓢水，把它熄灭了。他们在本已晒伤的脸上抹上了从急救箱里拿出的防晒油，把蜡质的润唇膏涂在嘴唇上。萨姆服下四片阿司匹林以减轻胳膊上的伤痛，最后在里德尔的帮助下，异常艰难地上了小船。

里德尔把杨树枝拿来当桨，但是它们在水里却一点儿作用都没有。

里德尔爬到皮艇后面，把皮艇从岸边推开，然后开始了他们的旅程。

★

犹他州警察局的搜索和营救犬证实，两个男孩都曾经出现在卡车被人发现的那条公路上。两头营救犬跟着气味从山的上坡一侧追到山边的悬崖处。

人类看不出过多的线索。但对嗅觉灵敏的营救犬来说，事实显而易见：两个男孩在悬崖边消失了。

在地图和全球定位系统的帮助下，三支搜索队带着营救犬找到了一条途径陡峭的岩壁抵达河边的道路。

先遣队用了一整天工夫才下到半山腰。他们用绳索和登山工具下山，然后把营救犬放在吊篮里往下降，搜索了锋利的岩石、岩架的不同层面和峭壁立面上的豁口。直到第二天下午，两条营救犬才又一次找到味源。

两条狗找到萨姆跌落的地点以后，他们用无线电向后方寻求更多的支援。没多久他们便跟踪到了里德尔的气味，他们知道两个男孩都在峡谷的底部待过。

他们正把拼图一块块合在一起。

★

萨姆和里德尔上船几个小时之后，搜索营救队就到达了河边。

如果里德尔的鞋没有掉，如果里德尔没有在树丛里发现皮艇，如果黑熊没有闻到糖纸的味道，他们必定会坐在篝火旁等待被人发现。

此刻他们正在冰冷的河水中飞驰而下。

★

营救队员并不知道皮艇的存在。

他们所发现的是：男孩们曾在河边扎营过一段时间。他们发现男孩们露营的痕迹，那个火坑仍然留有余温。

营救队员同样在不远处找到了熊的足迹和熊的粪便。

营救犬在以露营地为中心的方圆两英里内没有闻到男孩的味道。

如果男孩们掉进水里的话，他们多半已经淹死了。是不是一个先掉进河里，另一个又下河去救他了呢？一支配备着防水服和潜水呼吸装置的水下搜索队被带到男孩露营的地方进行水下搜索。

但他们同样一无所获。

犹他州警察局的搜索营救犬朱尼和费丝，坐在河边皮艇下水的地方低声呜咽着，它们的叫声使每个人都心烦不已。营救犬能闻到人类闻不到的气味，它们是在说：他们在一条船里，这就是现在发生的事。

但没人能听懂它们说的话。

29

那天晚上以后，鲍比就成了埃米莉的影子。他们到哪儿都形影不离。

他们经常在贝尔家的客厅里一起做作业，他们还把大量时间花在收看“美国娱乐和体育电视台”的《运动中心》节目上，因为鲍比在家最喜欢看这个节目。

这样过了一周以后，鲍比请埃米莉和他一起参加由低年级生和高年级生共同组织的校园舞会，埃米莉耸了耸肩答应了。

那个晚上，鲍比离开之前在后院草坪的椅子上吻了她。他把手伸进埃米莉的衬衫底下，飘飘欲仙，而埃米莉却毫无感觉。

★

克拉伦斯右脚膝盖以下全都给截掉了。

手术后的第一天，他就体验到了大多数被截肢的人在余生里都会体验到的感觉：幻肢疼痛。已经失去的那条腿让他疼痛难忍，那感觉就像有人把钉子钉进他的脚趾一样。

这种感觉从半夜开始，此后情况就越来越糟。第二天早晨，护士把止痛药剂量加了倍，并让主治医生来帮忙。克拉伦斯疲惫的眼神里充满了愤怒，要求他们把他的脚锯掉。

他们试图向克拉伦斯解释他们已经把它锯掉了，可他竟出言不逊地大发雷霆。他挥舞着拳头，掀翻床边的桌子，把吊瓶架摔到了地板上。

那天下午，在他咬伤了一个护士的前臂后，他就被套上了机械束缚器。晚上，院长签发命令把他转移到了另一家医疗机构。

接下来的早上，一辆救护车开到医院，把病历上名为克拉伦斯·波德尔（又名约翰·史密斯）的病员送进了州立的布瑞维医疗中心。

那天下午，穿着一身深绿色西装的霍维第一次拜访了克拉伦斯。霍维走进病房，克拉伦斯看了他一眼说："不管你想推销什么，我都不会买的。所以你马上滚蛋！"

霍维一动不动地站在离病床几尺远的地方，不知该怎样和一个穿着紧身衣的人握手。

霍维刚从法律学校毕业四年，两年前才通过律师资格考试，他一连考了三次才勉强过关。进入法律圈以后，他接手的大部分都是酒后驾车的案子，结果无一例外地败诉了。在这些案件中，他只会一再申辩说警察局的醉酒监测仪是无效的。

霍维的辩护词经常会使一两个对政府阴谋论感兴趣的陪审员产生效果，但他为之辩护的人似乎都是些屡教不改的醉鬼，所以他那份从来没打赢官司的完美记录，还一直保持着。

霍维清了清嗓子，向前移了半步。

"波、波德尔先生，我叫霍维，我、我、我将成为你的律师。”

克拉伦斯斜了他一眼：“我是约翰·史密斯。”

霍维低头看了看文书，吞吞吐吐地说：“是的，史、史密斯先生……”

克拉伦斯突然咆哮道：“我要起诉他们！那些该死的切了我的腿！”

克拉伦斯不停地吼叫着，唾液四处乱飞。霍维只能在旁边一个劲儿地点头。

“这还不是最糟糕的呢！最要命的是被截去的那条腿到现在我还有感觉。”

这时霍维已经悄然退到了门口。克拉伦斯突然冒出了念头，他把声音降低了几度。

“我要一支烟。”

霍维结结巴巴地说：“这、这里不允许吸……吸烟。”

克拉伦斯厌恶地看了霍维一眼：“你以为我不知道吗？你把我当成什么了，一个蠢货？”

霍维什么都没说。克拉伦斯又接着教训起他来：“下次见我的时候带盒烟过来，不然你就不用来了。另外再帮我要辆轮椅，这样你就能推我到外面去了。”

霍维不由自主地点了点头。克拉伦斯·波德尔（或者说约翰·史密斯）生来就有使唤人的能力，他一直紧盯着霍维。

“还有件事你必须给我记住，不管他们说我做了什么——你给我记着，那些事都不是我干的。呆瓜，快给我记下来。我没干那些事。”

霍维乖乖地掏出了一支笔。

★

警署的调查报告称两个男孩可能因溺水而死。警方向两个国家发布了河流协查通告。犹他州大多数地方的新闻节目声称两个男孩在森林里存活了两周以后不见了踪影，估计生还的希望不大。

他们的尸体仍然没有找到。

接到雪松城警方的情况通报以后，桑德森警官马上给蒂姆写了封邮件，不过并没有发出去。他决定在下班的路上去贝尔家走一趟，亲自把消息告诉他们。他喜欢蒂姆，知道这个消息对于他们来说很不好受。但是他的经验告诉他，一件事一旦终结，伤口便会开始愈合。

桑德森警官低头看了看文件，两个孩子已经失踪一个多月了。

实际上，这个案子能这么快结束让他很意外，像这种案子一般来说都是不了了之。不过要是能找到那两个孩子的尸体，他还是会感觉好点儿。

桑德森警官没有进屋，他在前廊把事情的来龙去脉告诉了蒂姆。官方的搜索已经告一段落，潜水员对男孩们露营那带的河流以及所有周边地区进行了彻底的搜索，但最后还是一无所获。

但结论是无可否认的，两个男孩一定是掉进河里去了。在四摄氏度左右的水温下，他们不到一小时便会因体温过低而死亡。

30

这是萨姆和里德尔没想到的事。

只能用树枝做船桨，他们根本无法掌控主动权。皮艇被河水摆布着，红色的塑料皮艇似乎成了水流和河中障碍物手里的玩具。

皮艇在河流里打转。前一刻坐在皮艇前面的里德尔还在试图抓住粗大的树枝，没多久皮艇便被激流掉了个头，船舷处的萨姆发现自己反而到前面去了。

没过多久，两根树枝都被卷入了旋流，他们完全要听天由命了。对胳膊上有伤的萨姆来说，更像是进入了双重地狱一般，每动一下就会带来新的痛感。他觉得自己好像骑在一匹烈马上，全身骨头都要散架了。

这是由冰冷的河水、不停的运动以及里德尔的大呼小叫引起的生理上的冲击。一旦遭遇连续的急速湍流，里德尔就变成了一条被链条锁着鞭打的狗，既不能逃跑，也不能保持安静。

现在，他就像是坐在过山车和冰冷水车的混合体上，他的回应就是咆哮、抽泣和哭号。所以，当萨姆咬牙承受着痛苦，觉得自己任何一刻都有可能昏厥并掉下船去，希望自己能够尽快地无痛地死去时，里德尔却正在大口地吸着气，进行着一场有声的斗争。

他们像只洗衣机里的木塞那样，在河里漂流了三个半小时以后，地势终于变了，水道狭窄了很多，水流也突然缓慢下来。

皮艇一直都没有被掀翻，这是一个奇迹。

他们行进了十二英里。他们所在的位置比先前低了许多。河道的两边是光滑的岩层，河岸上高大发霉的石墙懒洋洋地依次出现在他们面前。太阳出来了，阳光照耀在平镜般的湖面上，他们浸湿的衣服也开始慢慢干起来了。

里德尔不再尖叫，萨姆也不再想着死去了。

眼前的世界明亮清澈，让他们一阵感动。头顶上，一只老鹰在翱翔，它一边盘旋着，一边不时查看着他们。

里德尔这时终于说出了第一句不带“救命”的话来：“我尿湿裤子了。”

★

一小时以后，石墙过去，新的岩层出现，河流又一次改变了面貌。水流加快了，激浪回荡着，发出一种新的咆哮声。刚才的恐惧感又回来了。

里德尔对萨姆吼叫道：“我完了！”

萨姆知道他是什么意思，他觉得自己也完了。但他却回答道：“我们会得救的……”

说这话时萨姆充满了信心，但里德尔并没有因此而感到安慰。

里德尔又喃喃重复道："我完了。"

萨姆偏过头，仔细地看了一眼里德尔。这时，水流突然转了向，皮艇在河水中不断打转，不知道是第几次了，里德尔又调转到了船头，萨姆调到了船尾。只是皮艇并没有直接顺流而下，而是与河水形成了一个斜角。

咆哮声越来越响。萨姆不知道是不是自己脑袋里的想象，但这时里德尔说："我听到车的声音了。"

萨姆侧耳聆听。那声音到底从哪儿来的？高速公路吗？他们走这么远了吗？里德尔这时完全静下来，萨姆不顾肩膀、脖子、背脊和大腿上的伤痛，扭着腰努力倾听。

高速公路的声音更大了。里德尔激动起来。

"萨姆——我听到车的声音了。我听到了！"

里德尔扭来扭去，皮艇随着他的动作摇摆。萨姆急得大喊："里德尔，别扭了。别动了！"

里德尔试图静止不动，但眼睛却睁得老大。高速公路似乎离他们越来越近了，也许他们会从一座跨河大桥下经过，也许他们可以朝桥上挥手。有人会看见他们吗？有人会明白他们遇难了吗？

里德尔几小时以前抹在前额的防晒霜开始融化，往下流到了眼睛里。里德尔用手擦了擦，这下糟了。他突然感到一股针刺般的疼痛。

里德尔向河面弯下腰，捧了一捧水往脸上泼。皮艇摇得更厉害了。

"里德尔，我说过叫你别动了！"萨姆吼道。

"我眼睛受伤了，也许是被防晒霜害的。"

萨姆恶狠狠地对里德尔说："忘掉你那该死的眼睛吧！"

然后大约只过了七秒钟，想象中的高速公路现身了，那是一个巨大的瀑布，两个男孩和皮艇向着它直冲了过去。

★

瀑布高达三十一英尺，感觉是从三楼的屋顶上掉下去。从瀑布顶部下坠时，皮艇和水流恰好成一个斜角，皮艇的底部像一辆奔驰着的车没避开路边的井栏一样，突然和一块巨大的岩石碰擦在一起。

他们同时尖叫起来。由于河水的推动，岩石的支撑，皮艇栽了几个跟斗。两个男孩突然随着红色皮艇和冰冷的河水空降而下，他们正好跌撞在下面的主流河道上。此时已经没人的皮艇，像刀子似的插入了白花花的河水中，然后又像被点燃的加农炮一样发射了出来。

两个男孩像石头一样沉了下去，又被下坠的河水所形成的水墙冲了上来。水流像迂回曲折的毒蛇一样不断地改变着方向，他们的身体承受着难以想象的重量。新的冲力把他们往上推，不一会儿，他们又被打回到水面上。

深红的皮艇更惨，正巧落在一块锋利的岩石上，像被巨斧砍断似的，瞬间被劈为两截。两截船体在旋涡里打着转，前面一截浸满水沉了，后面那截顺流而下，消失在狂暴的旋流里。

两个男孩被湍急的河水推到河面上，他们发现不会游泳也没多大关系，这种情况下根本不需要游泳，他们只需要承受冰冷的命运之手的摆布就行了。

他们被命运分开，踏上了各自的旅程。

萨姆记得，里德尔对自己说的最后一句话是“我的眼睛受伤了”。

而他对里德尔所说的最后一句话却是“忘掉你那该死的眼睛吧”。

★

每天都会有人死在河里。

穿着救生衣，有过不少年水上经验的人死了；被船只、旁观者、急救队围绕着的人在众目睽睽下死了；甚至连完全按照水上安全规范行动的人也死了。

那些事事出错的人反倒活了下来。

萨姆和里德尔朝两个截然相反的方向行进着，被水流冲到了河的两边。

里德尔被冲到右边，他神志不清地漂浮在水面上。气泡撑大了他的袖管，使他浮在水面上沉不下去。因为里德尔个子比较小，也比较结实，他在河里的漂浮速度要比瘦长的哥哥快上两倍。

萨姆在左边，像一片垃圾一样滚动着。固定在他胳膊上的树枝和胶带，像纸制品似的被冲走了。

急流迅速把两个男孩冲离瀑布，又迅速把他们两人分离开去。

他们像碎布做成的玩具娃娃一样被水流东拉西扯着，体温开始迅速下降。他们的反应越来越慢，没过多久，稍微动一动都不能了。

接着萨姆的头撞上了什么东西。岸边的一棵老树，在山洪暴发中随着水位的上涨和河岸的隆起，已经轰然倒地。树根漂走了，树干已沉在水里。

现在，树干的一段在岸上，一段在水里。萨姆的手掌本能而漫无目的地张开着，遇到一根黏滑的树枝就合抱起来。不知从哪里来的一股劲，他借着树枝一骨碌爬上了岸。

几分钟过后，萨姆躺在河岸的岩石和淤泥之间，感觉到一股前所未有的解脱。一切都停止了，颠簸带来的痛楚，把他带入无尽黑暗冰冷的旋转世界，都消失了。

他向自己发誓，如果这次能活命的话，他再也不会坐上任何一条船了。他这辈子再也不坐船了。

想到这里，他不由得感觉好了些。

他闭上眼睛，臣服于炫目的灯光以及身后无尽的空虚之中。

我完了。他现在听到了里德尔声音的回响。

他也回复着："我也完了。"

★

里德尔的衬衫肩膀部位被空气涨起了泡，他像一支又短又粗的铅笔那样驮着腰向下游走去。他一直维持着这个姿势，他的身体被疼痛和恐惧弄僵了，一时间完全呼吸不上来。

接着里德尔突然陷入了一个旋涡，他猝不及防地在旋涡里打转。他的牛仔裤纠缠着他的身体，缠绕着他的双腿。里德尔只能用左手拇指解开旧牛仔裤上的纽扣，牛仔裤马上和鞋一起从大腿上剥了下来。但没想到牛仔裤和鞋却起了另一个作用，它们带动着里德尔三百六十度旋转着向河边行进，几秒钟后，里德尔便发现自己本能地抓住了河边的砂石，把自己拖出了冰冷的河水。

再有两分钟，也就是如果在河水里再待上一百二十秒的话，里德尔就会死了。他的脉搏减慢，体温下降很快，身体完全沉到了水面之下。还有两分钟，里德尔就要完了。他又一次在千钧一发之际摆脱了死神，在被冻死之前。

穿着内衣、衬衫和袜子，里德尔登上岩石，把头放在两侧膝盖之间，开始呕吐起来。从胃里吐出的棕黄色河水足有一桶那么多。

世界在他面前旋转着。

似乎过了一辈子，里德尔抬起头来，凝视着河面。

萨姆在哪儿？我的萨姆。萨姆。我哥哥在哪儿？

他看着水里的每一个旋涡，希望萨姆从那里出现，从眼前泡沫般的河水中突然露头出来。

但萨姆没有出现。

里德尔等了又等，他牙齿打战，双腿发抖，全身战栗。很明显，萨姆死了。里德尔考虑着重新把自己扔到水里，和哥哥一起，接受这漆黑冰冷的液体刑具的惩罚，但他不能。

不是他害怕死亡，而是求生的本能太强悍了。

里德尔拥有着这样的本能。

31

埃米莉记得萨姆曾经对她说过他在墨西哥自学过游泳。

所以，即便他们向她解释说没有人能在曼蒂拉萨尔国家森林公园冰冷的河水中存活下来时，她也不相信。萨姆是四月离开的，不到一周就六月了。从犹他州治安处传来的最新消息是，搜查工作从某种程度上来说已经结束了。

但埃米莉不想结束，她不相信就这么结束了，她不接受就这么结束了。

警察从卡车和自由旅馆的房间里找到了一些兄弟俩的个人物品，埃米莉希望得到萨姆和里德尔的某些东西。但埃米莉不是他们的亲属，所以请求似乎不够合理。

桑德森警官联系了雪松市的治安处，希望能帮埃米莉走走后门。

克拉伦斯已经从州立医院被转移到一处诊所，接着又到了肢体康复中心。进监狱等待审判之前，他会在肢体康复中心学习怎样使用假肢。治安处的警官通过他的律师霍维问他能不能让埃米莉得到里德尔的电话本和萨姆的红衬衫。

克拉伦斯的答案是不。

他的原话是：死一边去。

接着克拉伦斯跟当局说他希望把两个孩子的个人物品全都扔掉。不过这些个人物品全被封存了起来，以作为即将到来的审判中可能使用的证据，就是针对克拉伦斯的。

克拉伦斯在肢体康复中心期间，他和两个儿子萨姆·波德尔以及里德尔·波德尔的绝大多数资料被汇总到一起。十年前两个男孩在蒙大拿州被诱拐一案的资料已经成了公众信息。桑德森煞费苦心地在十个州上百个失踪人口的档案里，找到了两个男孩的资料。现在，克拉伦斯·波德尔被调查的罪行遍布全美。桑德森警官相信，当所有的调查和问讯结束以后，克拉伦斯这辈子就只能从监狱里看外面的世界了。

桑德森警官给蒂姆·贝尔写了封电子邮件，告诉他两个男孩的妈妈，谢莉·塞耶·波德尔，多年前已经在一场车祸中丧生了。

蒂姆在电话中把电子邮件的内容告诉了妻子，黛比那晚走出房门，在花园里坐了很长时间。她埋头在野餐桌上，确定没人可以看见她以后，情不自禁地哭了起来。不仅为两个失踪的男孩，也为十年前就失去他们的那个可怜的女人。

★

丘吉尔高中的人都多多少少耳闻了这件事。

埃米莉前不久一直和某个穷凶极恶的罪犯的儿子在约会，还邀请他到家里做客，这人在犹他州试图逃亡的时候死于非命。

这是传言的核心，其他的都是要么添油加醋，要么一知半解。

鲍比也被牵扯进了这个故事，因为他所掌握的线索导致了那个逃犯被捕。

所以现在埃米莉和鲍比才会走得这么近。

所以埃米莉现在不大跟朋友出去玩了，而是一个人待着。

足球队的姑娘们见过和埃米莉约会的那小子，所以她们自认为对整件事更有发言权，即便这意味着要捏造所有细节。

凯特·罗切几个月前在教堂里见过他，她说她一看见萨姆就知道萨姆的生活肯定有点儿不太对劲，而且她曾想帮助他。她现在还声称自己那天和萨姆聊了几句，萨姆是个非常酷的人。她还说要不是自己已经有了埃默森，她肯定已经把萨姆钓到手了。

丘吉尔高中的老师给学生们发了一封电子邮件，解释说传闻中的人也曾是悲剧的一部分，希望大家停止议论。

“传闻中的人”自然指的是埃米莉和鲍比，但辅导员贝斯特尔夫人发现自己还是要整天对付找她谈话的学生们，他们不是想挖掘更多的细节，就是想找个理由不上体育课。

直到一周以后，一个高年级的学生在在聚会上喝兑了佳得乐的伏特加，深夜从聚会返家时，把车撞坏了。他他被吊销了驾驶执照，还被送到亚利桑那和父亲一起居住。大伙的注意力此时才终于从埃米莉那里转移了。

撞车事件渐渐平息以后，所有人都把目光集中在每年的最后一项社交活动上：高年级和低年级的班级舞会。

★

舞会将在贝辛山脉宾馆举行。贝辛山脉宾馆号称是休闲胜地，实际上只不过是个有温泉的旅馆而已。鲍比的爸爸在出庭前总会去那待一会儿，他会在宾馆做面部的全套护理，然后修剪一下眉毛。

他说这会给他带来额外的优势。

这也是鲍比和奥尔加见面的原因，是他为班级舞会所做的秘密准备之一。

温泉休息室里的音乐，听起来像是一个孩子用绞在一起的刀叉敲击风铃一样。休息室里光滑的地面上，点满了散发着香气的蜡烛，虽然已经是下午三四点钟，但休息室里依然满是阳光。

摇曳的蜡烛发出的味道和圣诞树上的小蜡烛差不多。一支这样的蜡烛也许还可以忍受，但几十支这样的蜡烛就让人受不了了，鲍比被熏得满眼泪水。

听到奥尔加的名字，他想象那是一个来自东欧乡下的瘦高个大胸女孩。这个女孩应该在二十岁左右，一头浓密的金发，扎成一束乱糟糟的马尾垂在脑后。

但招呼他的奥尔加，却是个快到七十的老太太。她身高不足五尺，但“大胸”这个词，却不足以描绘她身上那香肠似的夹在胳膊窝和肚脐眼之间的肥硕地带。

更糟的还在后面，奥尔加是个话痨。她的口音很重，说的话鲍比一大半都理解不了。但是，有一个词她倒是说得很清楚，她把鲍比叫做“布比[①]”。

“布比，我们从分析和咨询开始吧。”

鲍比这时被迫坐在一把类似牙医诊疗椅的椅子上。奥尔加打开一盏刺眼的灯，把放大镜的镜片放在鲍比脸上左摇右晃。

---

① 即Booby，有傻子、呆子的意思。

“布比，你很年轻，年轻人的皮肤总是这么好。布比，我们必须保护好我们的皮肤啊……”

鲍比装哑巴。

好在她是个喜欢重复用词的话痨。

“首先奥尔加会为布比按摩，接着奥尔加会把布比清洗干净。接下来奥尔加会为布比再清洗一次，不过这次是用刷子洗。然后奥尔加会用上萃取术，之后给布比消毒，最后给布比戴上面膜，使脸庞湿润起来。”

鲍比被“萃取”这个词吓坏了。萃取是什么玩意儿？他微微睁开双眼，看见柜台上的玻璃罐里放着几只小的金属钳。

奥尔加把放大镜扔到一边，然后走到到鲍比头后面。鲍比把眼睛闭得更紧了。接着奥尔加用强壮有力的手指在鲍比的脸上揉搓起来。她非常用力，鲍比的脸很可能被她擦伤了。

鲍比不由自主地小声喊疼起来。奥尔加一定在嘲笑他，他对这点很确定。他睁开眼怒视着奥尔加。

但他没有看见奥尔加的脸，而是看到了两只硕大的沙袋，那是奥尔加上身的两只沙袋。他觉得自己马上就快要被沙袋闷死了。

他已经透不过气来了。

有人调高了温度，并在他们看不见的地方抽走了房间里的氧气。

鲍比四肢出汗，胃绞成一团。他试图闭上眼睛，但眼前的东西突然稳定了下来，像是信号紊乱时高清电视的图像突然卡住了。

就在他强迫自己从椅子上站起来时，屋子开始旋转起来。还没完全直起腰，他就直直地撞在了奥尔加沙袋似的奶子上，慌乱中他向后退去。这时房间旋转得更快了，他仿佛踏上了一段奇妙的旅程。他试图让它停止，但接下来，他只知道自己倒下去了。

鲍比在仿大理石地板上，摔断了右臂。

城里有两所医院。万幸中鲍比被救护车送进了圣心医院，那天下午，急诊室里的值班护士正巧是黛比·贝尔。

32

美国只有一小部分农场主买得起放牧牲畜所需要的土地，所以绝大部分租赁的牧场都归政府所有。

根据最近的官方数据，全国有三亿公亩的公有土地都被用于放牧。认为牲畜破坏自然环境的环保组织，和宣称这一切天经地义的农夫之间，爆发了一场恶战。

所以，当里德尔和萨姆进入国家森林公园里面时，一群黑安格斯牛正巧也在那里。

★

萨姆看到的牛群，由三个农场主共同雇佣的牛仔放牧。

人们都把他叫做牛仔布兹。

布兹不适合生活在现在这个社会。他排斥一切的科学技术，连电脑都没用过，也拒绝使用手机。把牛群驱赶到曼蒂拉萨尔国家森林公园进行为期九十天的放牧时，他甚至连双声道的收音机都不肯带。他是个纯爷们，渴望挑战，却只适合一个人待着。

放牧时，布兹每周只和人接触一次。朱利奥·科特兹开着小卡车从高速公路支路进入森林公园，然后步行两公里到会合点把口粮交给他。

看好三百头牛可不是件容易的事。每天眼睛一睁，布兹就开始干活。大部分时间，他都在马背上。

看见一头黑色的安古斯牛下河饮水，布兹连忙策马赶了过去，根本没想到会发现一个肩膀骨折的迷路少年。

★

里德尔决定沿着河边往前走，因为按照他的逻辑，他必须跟随着什么走。裤子没了问题不大，但没鞋穿却很讨厌。

没过多久，他的袜子上就沾满了泥和尘土。他想把袜子脱掉，但又马上否定了这个想法。无论如何，袜子总会对他那双已经磨损的脚起些保护作用的。

里德尔在河边停下来几次，吃下河里的植物和一大把青草。他在河里看到了一对水貂，这稍稍给他提了点儿劲。但这股兴奋劲一过，他又开始为萨姆黯然神伤起来。没多久他便筋疲力尽了，并迅速变得神志不清。

我会低下头，我会闭上眼睛，然后我就要睡着了。

也许我将再也不会醒来。

然后我就会走进一个找不到萨姆的地方。那正是我想要的，因为我已经完了。

在河里我不就告诉过萨姆了吗？

难道我没说过我完了吗？

里德尔从河里上了岸。他不再跟随任何东西了，他停止了努力。

就在里德尔把一切都置之度外的那一时刻，他眼前出现了一抹荧光橙。

荧光橙不是河边的自然景观，但荧光橙是他最喜欢的颜色。现在他有了个目标，他要到达有橙光的地方，到那儿他才会完。

没几分钟，他就靠近了那个发出橙光的地方。形状像个甲虫的发光物钉在地上，和周围的景物连成了一体。

里德尔吃惊地看着甲虫，像是看到了外星飞船。

这个发现简直太令人激动了。

他凑了过去，看见物体的边缘写着“科尔曼样品公司”。里德尔对这几个铅字惊叹不已。他伸出手触碰着铅字，希望它们不要是真的才好。

但眼前这顶科尔曼样品公司的帐篷却是再真实不过了。

里德尔小心翼翼地打开前门拉链，然后朝里面看了几眼，发现卷起的蓝色垫子上放着三个膨胀的绿色睡袋。帐篷里还有一个关上的丙烷炉和三只装满了东西的背包。背包后面放着些装满岩石的不同大小的塑料袋。

里德尔脱下满是泥泞的袜子，走进帐篷，然后谨慎地拉上了前门的拉链。帐篷里充满了橙色的光芒，温度至少比外面高上十度，里德尔觉得自己仿佛爬到了太阳上一样。接着他低下身子，滑进了离自己最近的那个睡袋。

里德尔仰起身体，把头放在充气的露营枕上。在他的记忆中，没有比现在更慵懒、更惬意的时光了。

然后他便想到了萨姆。

一想到萨姆，里德尔的眼泪瞬间涌了上来。在被疲劳击败进入梦乡之前，他最后想到的是，自己就是传说中的小女孩，闯进了一群熊的家里，睡在了他们的床上。

他现在就想知道，那三只熊长什么样。

★

虽然与世隔绝，但布兹还是能看出瘦高个男孩的情况很不好。

除了受伤以外，他还又冻又饿，处于恐慌的状态之中。男孩说他甚至不知道自己姓甚名谁，接着就痛苦地哭了起来。

布兹面无表情地看着他。

接着老牛仔决定做一件他从没有做过的事。他离开牛群，把萨姆驮上马背，把他带回了露营地。

到了露营地以后，布兹为萨姆加热了罐装的辣椒和豆子，给了他几件干净的衣服和三粒止痛药，然后把他安置在有隔热毯的油布上睡觉。

小家伙的胳膊断了。但布兹不是医生，也没法寻求帮助。小家伙最需要的是休息。另外，他自己说断骨可能是刚才造成的，但说不清是在哪儿、怎么造成的，因为他现在什么事都记不清楚了。

把男孩安排妥当以后，布兹便策马回到了杨树林里，把牛群关入栅栏。这时牛群早就散开了，布兹费了好大工夫才把牛群聚在一起，有两头牛可能再也找不到了。

★

科学家似乎在犹他州的每寸土地上都能找出一点儿事来。

犹他州几乎所有的重大发现都是在公有土地上完成的。其中最重要的那些发现又无一例外出自于曼蒂拉萨尔国家森林公园。

克劳福德、迪娜和朱利安是享誉全美的古生物学家。他们得到了一家电视网的投资，对曼蒂拉萨尔国家森林公园的偏僻区域进行勘察。

一旦发现了振奋人心的东西，电视网马上会派个主持人加入到他们中间，对他们的工作进行特别报道。这笔费用可以让他们在森林公园里勘察个五六年，并可能会使他们其中之一成为全美家喻户晓的人物。

这听上去就像美梦成真的故事，但有时也会演变成噩梦。

三位古生物学者相处得很不融洽。他们都想独占投资，然后成为唯一出风头的那个人。

作为女性的迪娜，认为自己是古生物学发言人的唯一最佳选择；但朱利安认为自己最上镜；克劳福德是三人中最资深的一个，认为一旦涉及勘探实践，经验才是最重要的因素，发言人舍他其谁。

勘探进行到第三周，三位科学家在七千五百年前形成的岩石上度过了紧张而忙碌的一天以后，身心疲惫地回到了他们的露营地。

太阳沉下了地平线，例行程序又在等着他们了。

现场调查用的昂贵摄像机会暂时放在一边。他们将从帐篷里拿出锅子，给冻干的食物和罐装食品加上点儿水。

干完这些以后，每个科学家会在摄像机前逐条报告自己这天的新发现。他们知道，除了会检查他们作为一个团队交上去的报告以外，电视网更看重的是他们的个人日志和影像报告。

克劳福德刚刚拍摄下他们回露营地的经过，希望能立刻抓住另两位科学家的错漏之处。这可能会是取得优势的另一种途径，说不定会见效。

回到帐篷以后，克劳福德在镜头中看到帐篷门外放着双满是泥沙的袜子。克劳福德给袜子来了个特写。这是从哪里来的?

是不是朱利安扔下的呢?

这当然不会是朱利安干的，因为大多数古生物学家都挺爱干净。克劳福德什么话都没说，看着迪娜漫不经心地打开了帐篷门上的拉链。他根本不过问袜子的事，摆足了一副教授的派头。

克劳福德因此幸运地拍到了迪娜走进帐篷以后大惊失色的那个场面，迪娜大声尖叫着，似乎被人割了喉咙一般。

朱利安一动不动地站在那里。克劳福德继续拍着。过了一会儿，一个全身被太阳晒黑，衣衫褴褛，满脸困惑，没穿裤子的十二岁男孩，瞪大眼睛，从帐篷里走了出来。

33

生活中有太多的事与直觉相悖。

除了摩根（贝辛山脉宾馆经理）、奥尔加、黛比·贝尔和鲍比的双亲外，没人知道鲍比是从一把可调整靠背的美容椅上摔下时摔断了胳膊。

所有人都知道贝辛山脉宾馆发生了一起事故。这起事故有两种说法。一种是鲍比当时正在为舞会组织委员会检查舞厅的准备情况，尽管鲍比并不是舞会组织委员会的工作人员。

第二种说法是鲍比当时正在为母亲做一些卧底工作。因为鲍比的母亲确实开了家私人侦探所，所以，大部分人认为，第一种情况只是托辞，第二种才是真相。

不管事实真相如何，和德里克见面以后，贝辛山脉宾馆的管理者担心会招来一场官司。为了显示他们的诚意，宾馆方面把参加舞会的价格从原来的每人49.95美元降低到每人19.95美元，在舞会上赔点儿钱他们也在所不惜。

这就意味着舞会上会供应进口水果、奶酪、薄脆饼干和新鲜蔬菜，意味着舞会上将会供应加蛋卷和黄油的田园沙拉，意味着意大利面会成为舞会的主食，意味着参加者可以喝上冰茶和冰柠檬，也意味着草莓蛋糕不再是梦想了。

几十个先前付不起门票的孩子如愿以偿地买上了门票。只爱吃猪肉、面包、奶酪的鲍比突然成了人们眼中的英雄，他阴错阳差地得到了一份他以前想都不敢想的荣誉：舞会之王。

★

黛比从奥尔加那里得知了整个事故的真实经过。开车回家的途中，她决定将这件事永埋心底。

鲍比在旅游胜地滑了一跤，这种解释就足够了。鲍比是有点儿怪癖，但又有谁没有自己的秘密呢？鲍比只是有些心绪失常而已。

加上鲍比从肘关节到手腕全都打上了石膏，那就干脆放他一马吧。

★

埃米莉为鲍比感到悲哀。右臂上的石膏使他无论干任何事都非常痛苦。

埃米莉只得推迟了和鲍比的正式谈话。她本想告诉他，自己需要些空间来进行思考。她还想告诉鲍比，在她完全没有意识到的情况下，事情正在向她控制不了的方向发展。

但现在，她只得在咖啡馆里为鲍比挑选食物，看着鲍比坐在桌前和与他交好的朋友们谈天说地。

★

摔断胳膊给鲍比带来了一项意想不到的福利。之前，无论他怎样费尽唇舌说服埃米莉与他一起参加舞会，她都只是说不。但现在，她答应了。

不过对于鲍比来说，摔断胳膊的最大实惠，莫过于获得一张三十天的残疾人停车证。这证来得并不容易，因为，鲍比的两条腿都活动自如。但巴布事实上威胁了医生，她说鲍比不能走远路。当时的情形可真够瞧的，盖赛尔最终还是签字了。

有些事情你不接受也得接受。

现在，鲍比可以免费把车停在任何地方，他还可以去城里最好的美发店洗头，他爸爸在那家店开了个账户。每次洗头时，一个叫做罗茜的女人会为他的头部整整按摩上十分钟。胳膊痊愈以后，他肯定会怀念那个名叫罗茜的女人的。

骨折后的第四天，鲍比的右臂开始发出一股难闻的臭味。鲍比出汗总是比平常人要多。快开舞会了，恶臭却不偏不倚地在这个时候冒了出来，太令人难堪了。

于是鲍比让妈妈给盖赛尔医生打电话，虽然盖赛尔医生那天已经约满了，但在巴布的坚持下，鲍比还是插了队。

走进检查室时，医生显得很不耐烦："你妈妈给我打来电话，说你出了大问题。"

鲍比点点头，不明白医生的态度为何会如此恶劣。

盖赛尔医生接着说道："到底是什么大问题呢？"

鲍比直直地看着他："我的石膏有股怪味。"

医生走近鲍比，似乎要检查鲍比的手臂，但其实他什么都没做。"随着时间的推移，所有石膏都会发出点轻微的气味来。"

鲍比凝神看着医生："这气味可不轻微，它简直难闻透了。"

盖赛尔医生合上鲍比的病历："我将在两周之内给你安排换石膏。"

鲍比大声嚷道："舞会周末就要开始了！我不能带着这只发臭的胳膊去参加舞会！"

检查室的门被重重地关上了，盖赛尔医生连头都没有回。

★

这天结束的时候，医生在开车回家的路上一直在想着鲍比的事情。

换个石膏并不难，他的诊所经常在正常的日程安排之外给人换石膏。

但他依然对那位粗鲁的母亲感到生气，依然为自己不顾原则发出残疾人停车证而感到羞耻。

现在终于扯平了，因为他不得不承认那男孩说得没错。

石膏的确发出了一股恶臭。

★

埃米莉一点儿都不关心参加舞会要穿什么衣服。

她甚至都不知道自己到底会不会去。

她试过了衣橱里的所有裙子，但舞会举办方规定裙子必须及膝，埃米莉没有这么长的裙子。

鲍比说他可以陪埃米莉一起去买裙子，不过埃米莉说她想去圣米切尔街的二手商店买裙子，而鲍比觉得二手商店的东西都是些古里古怪的万圣节服饰。很多人不明白为什么要穿别人用过的东西，鲍比毫无疑问就是这些人中的一员。

埃米莉最喜欢的毛衣就是在圣米切尔街的二手商店买的。

因此，埃米莉没有通知鲍比，便独自去了周日集市的跳蚤市场。

那里的每件东西都有属于自己的故事，没有任何东西是包装好的或者附送的。大多数物品不是稀里古怪就是有点残缺，而这正合埃米莉此时的心境。

埃米莉在第二个房间的远端角落里找到了个带着一货架晚礼服的女人。埃米莉从那儿挑了件据说有七十年历史的晚礼服。裁缝把黑色的丝带缝在一起，织成了一条完美的长裙。为了让丝带各就其位，缝制这件衣服的人一定费了不少工夫。

这套低圆领裙在手腕处收得很紧，但下摆拉得很长，裙子内里有好几层塔夫绸，整个形状像具雕像一样。埃米莉试都没试就买下了它。

这条裙子让她想起了萨姆为她拼成的那颗心。

★

几天之后，埃米莉试穿了那条由五百一十二条黑色丝带缝制而成的价值二十美元的长裙。刚把裙子套进脖子，埃米莉就知道它非常合身。不过直到把侧面的拉链拉上以后，长裙才显得如此完美。这条长裙就像是为埃米莉量身定做的一样。

埃米莉在浴室的落地长镜前注视着自己。镜子里的自己看上去像是老式的电影明星，她仿佛变成了穿着蒂凡尼时装的奥黛丽·赫本。埃米莉满怀挫败感地长叹了口气，她费尽一切努力不在舞会前试穿这套长裙——可现在却这么做了。

埃米莉不是那种每天没完没了翻阅时尚杂志和上网浏览明星穿着的那种女孩，但即便是这样，她也感觉得到这套长裙将被人们刮目相看。

她眯起双眼。也许她不该穿上这套长裙，舞会对她来说只是一种不得不承受的痛苦而已。

走出浴室的时候，埃米莉正好遇见了刚刚上楼的妈妈。黛比吃惊地后退了两步。

“老天，埃米莉……你穿这条裙子简直美极了！”

埃米莉耸了耸肩。黛比又接着问：“这是你从跳蚤市场买来的吗？”

埃米莉不知怎么感到有点内疚，她轻轻地点了点头：“是的。我甚至都没试穿过……”

黛比·贝尔伸出手，用手指抚摸着裙边。

“都是用丝带缝起来的……”

埃米莉突然在脑海里看见了大房间里一个被花团锦簇的黑色丝带环绕的女人形象，她忽然感到必须口出恶言。

“也许那人把自己所有的黑色丝带全用上了。”她这样说的时候怀着种快意，“也许那个女人在织裙子时，手边只有这些丝带，所以只能拿它们来凑合凑合了。”

“不管怎么说，这裙子都和你太配了，简直像为你量身定做的。”

但埃米莉只是看着母亲说道：“相配又怎么样？反正一切都会被毁掉。”

黛比愕然发现女儿的眼睛里噙满了泪水。接着埃米莉突然转过身，沿着狭窄的走廊回到了自己的房间。

34

古生物学家可都是专业人士。他们有定位系统，他们甚至有在国家森林公园里也能工作的卫星电话。他们还有食物和多余的衣物，并且，他们总是迅速地采取行动。

夜幕降临，他们打了个紧急电话，告诉当地执法机关他们找到个男孩，或者说有个男孩找到了他们。他们不知道他的名字和年龄。他似乎受了惊，无法进行正常的言语交流。

当里德尔不愿与人交流的时候，他就不会和任何人交流。所以，在他回答完几个问题以后，没有回答那个最关键的问题：他是谁，他在这个前不着村、后不着店的地方都干了些什么。

克劳福德决定在接下来的二十四个小时之内拍下尽可能多的录像。发现里德尔的时候他就在录像，之后也一直没有停。谁知道呢，没准这些以后都用得上，当你找到一个衣不蔽体的问题儿童，法律方面总会有些麻烦。

朱利安把睡袋让给里德尔用（因为里德尔那天已经钻进去一次了），迪娜送给里德尔一条短裤和一双新袜子，克劳福德则贡献了一件毛衣和一件T恤衫。

他们把睡袋以相反方向一字排开。朱利安多穿了套衣服，在睡袋之间的塑料布下面安顿下来。他是三个科学家中最肯吃苦的一个。

里德尔想起了和萨姆一起躺在蕨类植物下的情形。想到哥哥，他的心绪又不平静了。不过，在吃了三份背包旅行者必备的甜味辣椒汁鸡肉面条以后，他还是打着鼾心满意足地睡着了。

有生以来他第一次睡得这么沉，这么酣畅。整夜都没有做梦，躺在床上的前六小时甚至连身子都没有翻一下。

失踪了这么久以后，他终于被人发现了。

★

找到里德尔的三十六个小时以后，古生物学家们与艾默里县治安处的警官们见面了。

头天晚上，犹他州南部的部分地区下了一场来势凶猛的雷暴雨。第二天，连接犹他州全境的司法信息系统都瘫痪了。

所以当拉马尔警官外出调查这起案件的时候，他既没有和雪松城警方联系过，也没有读过俄勒冈警方发出的失踪人口报告。

一个书呆子教授坚持把摄像机对准他的脸，拉马尔有点儿不太高兴。这毕竟不是警察电视剧中的桥段，他和这种高学历的人打过好几次交道，知道对付他们的最好办法就是不去理他们。

但在这个案子上，他不能这么做。

这个案子牵扯到一个儿童。这意味着他要把所有人带回警察局做笔录。因为犹他州宪法第一百零二条五十六款第八小节有如下规定：

当失踪儿童被不是父母或监护人的其他人发现以后，只有在情况澄清的情况下，发现儿童的人才能被释放。

很遗憾的是，他所在的办公室人手不足。

★

拉马尔吃完辣椒培根面包，用已经脏了的餐巾纸擦了擦嘴。整件事似乎在向越发不可控制的方向发展着。

被人发现的孩子是个奇怪的小家伙。

当他不穿裤子爬进别人的睡袋时，人们还不觉得他有多奇怪，但现在，他的行为却越发怪异了。

他不肯回答问题。他的呼吸简短而急促，还不断喘气。唯一能把他从大厅吸引到审讯室的东西是一根坚硬的棒棒糖。

哈达特大夫原本准备来警察局为男孩进行身体检查，但那条年久的红色悬崖高速公路上出了起交通事故，她便被叫去处理交通事故了。瓦伦特医生则在部族地区进行为期两天的妇科检查。

这真是个天大的灾难。

雪上加霜的是，拉马尔这时又得到消息，在新城区的海普酒吧玩了一夜扑克以后，他弟弟克莱德故意往堂兄平克身上发射了三颗子弹。好在这三颗子弹都没有击中目标。

但他现在没时间处理家务事了。他请来了犹他州精神创伤小组的成员。这个小组恰好有一位在精神医学方面颇有建树的专家，也许他能从男孩嘴里问出些什么来。迄今为止，除了知道男孩想要一碗燕麦粥和一瓶特别冰的牛奶以外，拉马尔还没有掌握到任何关键性的线索呢！

他说他对没经同意就爬进别人的睡袋感到非常抱歉。

他希望得到圆珠笔和电话本。

他说他看见过一只两条腿的黑熊。

他说他吃过一只橘黄色肚子的蜥蜴，然后又马上把它吐掉了。

他说科学家给他的裤子令他全身发痒。

他说他在世界上只是孤独一人。

拉马尔伤透了脑筋。结束了两天的侦讯以后，他还是没有得到太多的情报。

★

牛仔布兹每周补充一次给养。

他会把牛群赶到一个三面被绝壁包围的低地草场，等回来以后，只要把牛聚集在一起赶回山上就行了。

萨姆休息了三天半的时间，几乎把布兹的食物全吃光了。他基本上没说什么话，因为他对周遭的情况感到迷惑不解，因而没有什么话好说。

他的脑海里一片空白。

萨姆只清楚一件事，他只知道他做错了一件事，完完全全、彻彻底底地做错了。

他可能，不，应该说是很可能杀害了某个人。他只能感觉到这一点，他的心里好像缺失了一块，一种完全的虚无感在他胸口升腾。

如此看来，他做了件非常非常糟糕的事情。不然的话，他怎么会出现在这样一个人迹罕至的地方呢？他生命中关心在乎的人到哪里去了？更重要的是，他在乎的又是些什么人呢？

他找不到答案。幸运的是，牛仔布兹不是那种喜欢提很多问题的人。

布兹觉得萨姆是个青春期少年，而且显然经历过许多艰难的日子。他在睡梦中时而大声呼叫，做梦时，腿会像狗一样蜷曲起来。

所以，周二那一天，布兹起得比任何一天都早，知道他那匹被阳光晒没了颜色的帕洛米诺马需要用比原来更长的时间，才能把他和萨姆送抵目的地。

★

朱利奥不喜欢出乎意料的事。

牛仔布兹带着个浑身是伤的男孩出现，算是个非常大的意外了。牧场主付钱给朱利奥让他送点儿货，但每次都会附带些特殊要求。牧牛工被蛇咬伤要找他，误吃毒葛中毒要找他，甚至连传递情书也要找他，但还没有哪个牛仔曾经把一米八的男孩踢给他的。

这问题大了。布兹希望朱利奥把萨姆带进城，让警察来解决这种事。布兹有自己的工作，还有很多牛要他照顾呢。

布兹把辣椒酱罐头、红焖牛肉干、特拉摩尔威士忌装上马，在大衣口袋里放上一包咖啡和一袋干苹果片，简单地跟萨姆点了个头以后，就和帕洛米诺马一起离开了。

萨姆仍旧穿着布兹给他的绒衬里皮牛仔夹克，他还穿着破烂的蓝衬衫和厚厚的羊毛袜。萨姆在布兹背后大声喊着，想要把衣服还给他，但布兹连头都没有回。

布兹希望这孩子一切顺利。

但这种话他可说不出口。

★

现在萨姆成了朱利奥的麻烦。他站在阳光下打量着眼前的男孩。

“你觉得从这里走出去，身体扛得住吗？”

萨姆点了点头。朱利奥接着又说：“我的卡车离这还有两英里地呢！”

“我可以走过去……”

萨姆的话让朱利奥感到不安。他踏上小道，一边走一边小声嘟哝着：“那么好吧，我们这就走……”

走过岩石小道以后，朱利奥试图想出一个主意来。

他知道自己应该把男孩送进治安官办公室，一定有人在找这个男孩。布兹可以简单地说以句，这个男孩失忆了，但朱利奥不想被治安官盘问。倒不是他不想帮忙，他觉得这小伙子不错，但他有他自己的问题。

朱利奥已经在犹他城住了二十二年了。尽管他的儿子和女儿都在城里读初中，尽管他是消防队的志愿者，尽管他弟弟是战死在巴格达的美国军人，但他本人依然没有取得美国的居住权。

司法机构的人一定会盘问他，问他要工作证明文件、驾驶执照，并检查他的地址和社保号码，这可不是什么好事。

朱利奥很清楚接下来会发生什么。他在美国的生活马上就会到头，二十二年来的努力将化为乌有。因此，朱利奥决定对萨姆实话实说。

“听着，把你交给治安官会让我惹上麻烦。我可以把你带进城。除此之外，我就什么都不能为你做了。”

萨姆什么话都没说。朱利奥误解了萨姆的这份沉默。

“别担心。我没干过任何坏事，只是在移民身份上有些麻烦。你明白我的意思吗？”

即便当萨姆的心志还算正常的时候，对美国的司法系统也没什么概念。和朱利奥一样，他对去司法机关寻求帮助心存忧虑。

布兹向萨姆问起父母的事来。萨姆不记得母亲的事了。提到父亲时，他的记忆力跟他开起玩笑来。他只记得有把枪对着自己的胸膛。

于是萨姆告诉朱利奥：“好吧，我也不想和治安官见面。”

然后他又字斟句酌地说：“我想回到……”

但他不记得自己要回哪里了。

朱利奥想了一会儿说：“你需要去看医生——难道你不这么想吗？”

萨姆考虑着这个提议：“我没钱去看医生……”

他闭上眼睛。他记得医院的内部结构，他能看见候诊室的样子来，还在候诊室的一边看见了急诊室。他回忆起急诊室的绿色墙壁和墙上不能使用手机的警示标语。

想到手机，萨姆突然变得焦虑起来。他有过手机吗？他记得他有过一部手机。他突然说：“我想坐公车……”

朱利奥继续向前走着。公车？这个高个男孩不会是隐瞒着什么惊人的秘密吧？不会是什么危险或违法的事情吧？这小家伙会是某个毒品交易的一员吗？

于是朱利奥转换了一种策略。

“进城以后给你父母打个电话怎么样？或是给你的朋友打也行，也许他们能帮你回忆些什么来呢……”

萨姆又开始头疼起来。什么父母？什么朋友？朱利奥为什么总要提起这档子事来呢？

他想不起任何与父母和朋友有关的事来，他只想坐上公车。

如果能知道该去哪儿那就更好了。

“不，我要坐公车。我记得以前曾经坐过辆公车。”

朱利奥思索着这个提议。这也不失为一种解决办法。他可以在自己所住的小城把萨姆送上一辆“灰狗”长途汽车，这样一来所有的问题都解决了。

于是朱利奥点了点头：“好吧……我们就这样办。”

★

在仅能容纳一人行走的防火道上，萨姆的脑海中浮现出零星的记忆碎片和各种支离破碎的声音。潮湿小城的廉价公寓里传来的争吵声，活动拖车，小巷和商业区边拥挤不堪的公寓依次出现在他的记忆里。他能听见过去传来的声音，酒吧里播放的音乐直到早晨还没有结束，耳朵里还有警报声和高速公路的车流声。狗在狂吠，锅碗瓢盆在相互碰撞着，还有汽车喇叭声和低空的飞行声。

接着，走在朱利奥后面的萨姆突然听见了海浪的碰撞声，这回声音甚至还带上了图像。墨西哥的图像。他记得自己曾经去过那里。他不是在墨西哥下过海吗？他觉得他喜欢那个地方，那地方叫巴哈海滩。计划形成了，他可以从那个地方着手查起。

但他口袋里没有一文钱，身上也没有可卖的东西。走在他前面的男人会给他买下通往墨西哥的长途汽车票吗？

几分钟之后，当他们停下来喝水时，朱利奥拿出一大块糖果来。他把糖果掰成两块，给萨姆递过去一块，说道："你想乘公车……到哪里去？"

萨姆停顿了一小会儿。

"我想去墨西哥。"

朱利奥飞快地看了他一眼。这太好笑了。男孩是不是想激怒他呢？但萨姆看上去很诚恳。于是朱利奥问他："你身上有钱吗？"

萨姆摇了摇头，朱利奥考虑了一会儿做出个决定："我来给你买票。"

萨姆看了看朱利奥，心里充满了感激。

"我发誓我会把钱还给你的，我会寄钱给你。等我身体好点儿以后，我就可以开始干活了——"

这时朱利奥却打断了他的话："我们这就把事情解决吧。我会带你找到最近的长途汽车站。城里没有设站点，不过我会沿着一百三十八号公路向西帮你找到车站的。"

无论对瘦弱的少年还是他自己，朱利奥都做了件正确的事。

如果想摆脱这些麻烦事，付点儿钱买张车票是值得的。能用钱摆平的事都不是事。

35

萨姆站在犹他州普莱斯市长途汽车站的售票窗口前。

他的衣服口袋里有朱利奥给他的两百美元，另外还有一块巧克力、一瓶水和一把阿司匹林。萨姆用八十二美元六十美分买了张前往拉斯维加斯的单程车票。

柜台后面的人告诉他，拉斯维加斯有发往墨西哥的长途汽车，大约每90分钟有一班。其中有九班是发往蒂华纳的，还有八班是发往墨西哥城的。

因为长途汽车还要两个多小时才开，所以他把车票放进了布兹送他的牛仔夹克口袋里，然后走到候车区和一个穿着运动服的老太太坐在一起。老太太说自己害怕坐飞机，所以宁肯坐汽车去看住在圣迭戈的堂妹，尽管这要花上她两天的工夫。

萨姆点点头，说他也从没有坐过飞机。他没向老太太解释他只是不记得自己坐没坐过飞机了，但这谁又能知道呢——说不定他是个飞行员呢。

萨姆这样一个强壮英俊的年轻人居然也没坐过飞机，这对埃瑞妮来说是个巨大的安慰。几十年来汽车站改建过多次，但汽车站的内部结构看上去仍然和六十年前一样。六十年前，埃瑞妮不知有多渴望能和萨姆这样的年轻小伙坐在一起。

所以当萨姆睡着后把头垂到埃瑞妮的肩膀上时，埃瑞妮并没有介意。萨姆身上有松树和篝火的气息，这是野外的气息。

埃瑞妮闭上眼睛，接下来很长一段时间她像是又重新回到了十七岁。不过这次，她是和城里最俊的小伙子在外面待到很晚。

★

雷利·霍兰德本应能轻易地当上舞会之王。

他确实能，至少直到鲍比被两个与黑社会犯罪有关的恶徒在贝辛山脉宾馆从楼梯上推下来，搞得那天的舞票打折之前。

谣传联邦调查局也加入了此次事件的调查工作，因为鲍比看清了主犯的长相。现在所有人都知道疑犯是外国人。这事鲍比只对法莉·戈登说过，但法莉当时发誓会绝对保密的。

雷利既英俊又有趣，更重要的是，他还是个好人。他很懂礼貌——而且不是因为他觉得礼貌会给他带来好处，他只是天性如此。

所以当风向突然转变，绝大多数同学改选鲍比为舞会之王时，雷利只是感到稍微有点失望而已。

在丘吉尔高中，舞会之王的人选是在舞会开始的前一周宣布的。六年前，两个竞争舞会皇后的女孩在浴室里实打实地打了一架，从此之后，舞会管理委员会认为他们应当到场监督选举结果。

因为这是高年级和低年级都参加的舞会，两个班级都有参选者。但多数时候，都是高年级者胜。

当星期二晚上选举结果在体育馆的聚会上宣布以后，鲍比走上讲台，带上可笑的金色王冠，和选出的舞会皇后，即学校里最受欢迎的女孩萨默尔，合拍了一张照片。鲍比举起没受伤的那只手臂，不断地挥舞着自己的拳头。

★

里德尔在台子上拿了一摞黄色的法律文书，接着又在警察的办公桌上拿了支钢笔，开始画了起来。先前他一直通过画线来躲避警察的提问，现在他终于可以不用理会高声的提问，把古生物学家所住帐篷的内部结构好好画一画了。

我永远忘不了找到帐篷的经过。

我们以前住过帐篷。我们不住卡车的时候，有时就会选择帐篷。我再也不会睡在卡车里了。

永远不会。

这是一件非常非常好的事情。

我永远也不想再和那个男人住在一起了。我不知道他现在在哪儿，但如果我把他的事告诉警察，他们会把他找到他。这也正是我什么都不告诉他们的原因。

因为现在，那是我的选择。

还有，我再也见不到萨姆了。但是我不会把萨姆的事告诉他们，因为他们根本不认识他。所以他们不会想他的，但我将永远不停地想念他。

我跟他们说了我想说的。

因为现在，那是我的选择。

★

里德尔只瞪着桌子，拒绝和一块由皱巴巴的绿色油毛毡制成的玩具说话，玩具的眼睛画得像煎鸡蛋。对于他来说，即使再小八岁，他也不适合布袋木偶。

两个小时之后，地方儿童督导员平库斯医生向治安官做了汇报："我对这个孩子做了仔细的诊断，认为这孩子受过强烈的精神创伤。"

拉马尔希望从医生那里得到更多的信息，但平库斯医生只是填了一些表格便结束了他的诊断。

拉马尔埋怨地看了他一眼，说："你不是在逗我吧！花了两个小时你就整出这些东西？"

十分钟以后，平库斯医生回到车里，重新上路，收听自己最喜欢的电台热线电话节目。

拉马尔只得安排里德尔继续住在治安处的休息室里。三个科学家仍然被留在城里，在里德尔透露更多信息之前，不得随意离开。

因为没有别的事可做，他们一直在摄像。

★

你周五必须到校上课，否则就不能参加周六的舞会。这天埃米莉醒得很早，内心里一直在争辩是不是要病休在家。

因为一想到舞会的事，她就感觉不舒服。

结果，埃米莉感觉自己似乎真的有点儿发烧，这时她突然想到了另一种可能性。她完全可以缺课，鲍比和他父母会打电话给学校，为她得到明天参加舞会的许可。她似乎看到这一切正在自己眼前发生着。

不是有人说过爱意味着关注吗？一点儿也不会多，一分也不会少，但关注总是存在的。爱意味着痴迷，更意味着占有。

但萨姆从来没想过要占有任何东西，他这辈子从来没做过任何东西的主人。这和她认识的其他人都不一样，每个人或多或少都对自己的东西有占有欲。

埃米莉躺在床上，看着房间对面萨姆送她的那颗木心，她把木心挂在乳白色的墙面上。木心由许多块木片组成，但从远处看，它似乎是由一块粗糙的大木头单独组成的。

埃米莉闭上眼睛，让萨姆的吉他声贯穿耳际。她似乎突然看到了最后那一夜，萨姆离开，走入黑暗之中，里德尔就在他的身边。

如果里德尔掉进水里的话，萨姆一定会下水去救他，埃米莉对这一点深信不疑。萨姆会为弟弟做任何事的。

如果一个人改变了你对世界的看法，你要如何才能忘掉他？埃米莉不知该如何是好，不过她清楚一件事：你不能随随便便用另一个人来代替他的位置。

★

经历了七十二个小时，被形形色色不同的人询问过以后，里德尔终于说他的妈妈名叫黛比·甜蛋糕·贝尔，她在医院上班。

但是他不知道妈妈的电话号码。

网络上没有找到黛比·甜蛋糕·贝尔的对应项，不过当他们把“黛比·贝尔”和“医院”两个词输入搜索引擎时，答案出来了，黛比·贝尔在圣心医院工作。

周五上午九十点钟的时候，在急诊室前台工作的兰戴尔·蒙特，把来者晾在一边，自己跑进急诊室找黛比。

黛比正在照顾着病人，但她从兰戴尔的表情意识到这个电话非常重要。迈入走廊向电话那边走去的时候，兰戴尔才告诉她电话是犹他州警察局的人打来的。

黛比觉得自己的心跳加快了。她用力接过话筒，用尽可能平稳的声音说：“我是黛比·贝尔……”

电话另一头有个声音传来：“我叫亨利·韦特海默，从艾默里县治安处打电话过来……”

黛比屏住了呼吸，男人话说了一半没再接下去。快说啊，坏消息要快点儿说！他们这些人难道没学过危机管理吗？最后，电话那头的男人似乎吸了口气——或许只是喝了口咖啡吧？——然后又继续说道：“我们这里有个在曼蒂拉萨尔国家森林公园找到的男孩，他说他是你的儿子……”

黛比的手不住地颤抖着，但她还是尽力显得镇定：“他还活着？”

电话那头的声音还在继续着：“是的，夫人。他在这儿活得好好的，只希望马上能看到你。”

黛比觉得膝盖开始弯曲，连忙伸手扶住墙面让自己站定。这时她听见电话线那头传来话筒换人的声音，接着又传来里德尔轻微而又沙哑的嗓音：“我试着照顾萨姆……我试着……”

里德尔似乎哭了起来。然后黛比也哭了，她对里德尔说：“你当然尽了全力。宝贝儿，我马上就去那儿找你，现在就去。我马上就来接你，就现在，里德尔……”

★

她已经有了个儿子。她的儿子名叫杰拉德。不过当电话里的男人告诉她，他们在曼蒂拉萨尔国家森林公园找到个男孩，那个男孩声称自己是她的儿子时，她知道这也是事实。

在黛比内心深处的某个地方，她一直坚信，自己会与里德尔重逢。

36

黛比·贝尔把第一个电话打给了丈夫。他们一致同意在把事情完全弄清楚之前，暂时不把这个消息告诉埃米莉。第二天埃米莉就要和鲍比去参加舞会了，他们没理由这个时候扰乱埃米莉的心情。发现里德尔是个奇迹，但这同时也说明了另一件事，萨姆不见了。

黛比的第二个电话是给桑德森警官的。黛比很清楚，如果没有相关的法律文书，犹他州警方绝不会让她把里德尔带走。桑德森不相信犹他州方面没能马上认出里德尔。但这样的事其实并不稀奇。他们找的是两个孩子，其中一个和三个成年人同时出现了，那三个人现在成了调查的重点。

桑德森警官提醒黛比犹他州警方在自由旅店找到了她给里德尔的呼吸器，这个呼吸器是以黛比的名义买的，这意味着黛比曾经为里德尔开过药。这算是件好事。

把接下来三天的值班安排好以后，黛比通过广播找到了霍华德医生，并在他那里开了两支沙丁胺醇吸入器。黛比突然想起还有另一样东西可以作为带回里德尔的佐证。

为了让里德尔和萨姆入学，黛比为他们在学区填过入学表格。

尽管这些表格不甚完整，但还是在四月底的时候被接收了，有记录。黛比可以从教育委员会办公室的女人那里拿到一封信来证实这一点。

她和蒂姆必须在青少年法庭上提起合法的领养手续，但黛比觉得，根据里德尔的特殊情况，犹他州警察会让她暂时收养里德尔的。

黛比复印了几份收入证明（显示他们家有能力照顾里德尔），接着拿上家里拍摄的里德尔画画时的照片以及院方最近给她开的一封推荐信，然后开车回家，蒂姆正在家等着。

黛比用最快的速度把换洗衣服塞进一个小旅行包，接着又在包里装了壶刚煮好的咖啡，一个火鸡三明治，一包橘子以及一大块放在塑料食品盒里的香蕉蛋糕。

黛比跟丈夫吻别，告诉他自己爱他，然后便以记忆中从未有过的速度把车开上了路。她只希望，在接下来八小时的路途上，不要接到超速罚单。

★

接到黛比的电话以后，桑德森警官整个上午都坐在电脑前，他需要准备黛比把里德尔带过州界的法律文书。

没有他的帮助，社工和犹他州政府在对里德尔的前途做出决定之前，会让里德尔在寄养中心住上一阵子。

但桑德森警官心里明白，里德尔的出现是个奇迹，应该让他回到贝尔家才对。

★

老司机胡安·拉莫斯把头凑近车内广播系统的麦克风，对旅客们宣布道："拉斯维加斯在西班牙语里是'草原'的意思，真是太令人难以置信了。不过拉斯维加斯以前确实是块绿地。伙计们，尽情享受吧，看好脚下。"

萨姆与父亲以及里德尔曾经过拉斯维加斯许多次，此时他站在炽热的汽车站沥青路面上，觉得有种似曾相识之感。他知道自己以前来过这里。

克拉伦斯讨厌拉斯维加斯。

克拉伦斯常说，自己最讨厌的就是罪犯和赌徒。他只愿意和自己相信的人在一起，夜不锁门的良好市民以及不相信有人会从浴室窗户翻越作案的人，最对他的胃口。

但在十年的旅途穿梭中，克拉伦斯还是在这里逍遥过几十个夜晚。萨姆和里德尔也曾经在市里迷过路，里德尔曾掉进了喷泉里。

现在，呼吸着干燥炎热的空气，萨姆似乎想起了这个地方的味道和声音。他知道自己以前曾经来过。

他只是不知道是什么时间，又是和谁一起。

★

在灰狗巴士站里，与咖啡和三明治柜台相邻的是卖T恤衫的柜台。萨姆看着T恤衫上所绣的字：输钱，罪恶之城，重生之都。他在寻找着和过去相关的线索，这些微小的记忆残片反而能够帮助他把过去串联起来。

卖T恤衫的女人朝他咧嘴大笑，问萨姆要不要在她这里买点东西。萨姆摇摇头，从车站大厅走到了三十几度的大太阳底下。开往墨西哥的头班长途汽车还有五十一分钟才会出发。

萨姆的左手边是金门赌场，赌场有个即便在大太阳底下也鲜艳得耀眼的橘黄色标记。三棵棕榈树像慵懒的卫兵一样包围在进口左右。一个新来的街头艺人打开吉他盒，把盒盖放在赌场前人行道上的树荫处。

萨姆看着男人把吉他拿出盒子，然后从兜里掏出几张纸币和一把硬币，扔在已腾空的吉他盒里。然后他从背包里拿出一个折叠的帆布三角凳，在凳子上坐了下来。

萨姆完全被他吸引住了。

过了一会儿，男人拿起吉他边弹边唱。萨姆突然明白了自己认识这个东西，完全彻底地明白了。

两首歌唱完以后，萨姆小心翼翼地走上前去。男人抬起头，期待得到别人的认可。萨姆把手伸进口袋，从口袋里掏出张十美元的纸币放在开着的吉他盒里。男人笑了起来，露出一口细小的，被尼古丁熏黄的牙齿："先生，谢谢您。真是太感谢了！"

萨姆走上前去，若有所悟地说："你不觉得……"

但他没法把这句话说完。男人等了一会儿终于不耐烦了："怎么？想让我继续弹吗？"

外面天很热，对萨姆来说，此刻似乎更加难以呼吸了。

"我想我应该会弹吉他，但我不太确定……"

男人看了看萨姆，意外地发现萨姆竟然非常严肃。于是他站起身，把背带从脖子上取了下来，然后把吉他递给萨姆。

"弹吧，弹下试试。你已经付过钱了。"

萨姆的肩膀疼了起来，但他把头侧向一边，将背带绕在身后。

然后用左手握住吉他柄，自然而然地闭上了眼睛。

接着他轻轻地、尝试性地用手指拨动了琴弦。

吉他声婉转动听，充满亲和力。以至于那些从炎热的人行道上冲入赌场的人们，都慢下了脚步。这孩子吉他弹得真不错。

萨姆演奏完以后，好几个人把钱扔进了打开的琴盒。萨姆走到男人身边，把吉他递了回去，但男人并不想收回。

“不，你来弹。我技不如你。”

音乐，以自己独到的语言，使萨姆的记忆清晰起来。他终于回忆起了拉斯维加斯是个什么地方，他曾经和弟弟一起来过这里。

萨姆的眼睛里立刻充满了泪水，他靠在一棵棕榈树上，他怕自己这时会倒下去。街头艺人拉住了他。

“继续弹，你会感觉好点儿。伙计，继续吧……把不开心的事丢到一边去。”

萨姆照他说的做了。随着手指的上下移动，萨姆的心渐渐平静下来。像以往一样，随着演奏的深入，萨姆仿佛从现实转移到了另一个地方。他不是在弹奏音乐，他已经成为音乐了。一边弹着，他一边机记起了一些重要的事。

弟弟。里德尔。里德尔！他的小弟弟！

当他停止演奏的时候，已经过去几个小时了。吉他盒里已经装满了钱。太阳下山了，城市里明亮的霓虹灯驱走了暮色。

“我叫哈尔，你是……”

萨姆转身看着街头艺人，然后张开嘴说出了久违的名字：“我叫萨姆。萨姆·史密斯。”

哈尔点了点头。“伙计，你是个非常出色的吉他演奏家。

你是从哪里来的，萨姆·史密斯？”

萨姆惊奇地听见自己在说：“从来的地方来，我们搬过很多地方。”

哈尔继续着自己的提问：“你来自一个音乐世家——我说的对吗？”

萨姆低头看了看手指和吉他，一个家。他只想要个家。为自己和里德尔着想，他们都需要个完整的家。

他并非来自音乐世家，但曾经有人用歌声改变了他的生活。

埃米莉从学校走回了家。她以前从没做过这样的事。走进厨房的后门时，她惊讶地发现父亲正在做晚饭。他到家比以往都早。蒂姆·贝尔喜欢烧带辣味的食物。这天下午他烧了一大锅辣椒，看来他想留下一些过夜吃，因为他觉得烧辣椒到了第二天才最美味。

妈妈不见了。

这倒是埃米莉没有料到的。

爸爸含糊不清地说，亲戚家出了点儿事，妈妈过去帮忙了。他没说是哪个亲戚，也没说妈妈去了哪儿。

通常情况下，埃米莉总会连珠炮似的问上十几个问题，打破沙锅问到底才肯罢休。但这次埃米莉只是问：“她什么时候回来？”

蒂姆耸了耸肩，但看得出他非常高兴。“现在还不好说，希望明天能回得来。我知道她很想在你去参加舞会之前看看你和鲍比。”

埃米莉静静地点了点头。杰拉德正坐在窗边用开瓶器在肥皂上雕刻小人，这时瞪了她一眼。

“你是要嫁给鲍比了吗？”

埃米莉跳起来：“我的天！你脑子有病吗？”

拿着干酪刨丝器的蒂姆警示性地抬起了头。肥皂做的小人从杰拉德手里掉了下来，杰拉德趁势撅起了嘴唇。埃米莉道歉：“对不起，我不是这个意思。”但她心里还是觉得很不舒服。

走出厨房的时候，埃米莉的脸烧得通红，她感觉很不好，但这一切都是她自己造成的。与其对杰拉德，她心里更想对自己发火。

★

萨姆弹奏着吉他，哈尔则在人行道上强迫人们聆听音乐神童的演奏。赌场的灯光照亮了拉斯维加斯不夜的天空，最后萨姆终于弹够了。

哈尔试图把钱分给萨姆，但被萨姆拒绝了。他已经从弹奏中得到了他所想要的一切。

他已经失去了里德尔，不过他记得他认识一家名叫贝尔的人。

他们家有个女儿叫埃米莉。

他失去了里德尔。使他丧失记忆的，正是这件事。他的小弟弟。他知道自己永远迈不过这个坎了。

去贝尔家现在是唯一对他有意义的事。萨姆穿过繁忙的街道走回灰狗汽车站，他那条受伤的手臂又抽痛了起来。他需要和售票员协商，用去墨西哥的车票换一张去西北部太平洋沿岸的车票。不过现在他有哈尔可以为他出谋划策。

哈尔说他知道如何与在收银机前工作的人打交道。

★

黛比直到第二天早晨六点才到达犹他州那个满是灰尘的小城。

她在第六连锁旅店办完签到手续，给蒂姆报了个平安，没过八分钟就睡着了。

她把闹铃设置在三小时之后，计划那时去见她的儿子。

37

他是舞会之王，埃米莉是他的女朋友。至少今天，埃米莉是他的舞伴，他的目的也达到了一大半。

他有个计划。

首先他会去大太阳底下待一会儿，把自己晒黑一点儿，接着他会去乡村俱乐部健身，之后他会在俱乐部里吃份双层培根汉堡，最后他还要理理发。

这些完成后，他会为埃米莉选朵胸花，接着回家放松一下。到了五点整的时候，他会开始穿衣打扮。

鲍比从床上一跃而起，用浑厚而嘹亮的嗓音说："我是全世界的舞会之王！"

★

埃米莉没有睡懒觉的习惯。但这段时间，当她闭上眼睛翻个身，再睁开眼时，枕头上就已经洒满了下午的阳光了。

不过今天不是。

她看着钟，现在是早晨七点，星期六。这简直太疯狂了。原来的那个埃米莉又回来了。

接着她突然意识到，不对，不是真的，原来的那个埃米莉早已经不在了，她再也不能回到过去。现在的埃米莉比原先要饱经世故，而且更加坚强，因为萨姆就是如此。他从来没对她抱怨过生活中的种种苦痛，他早已做出了选择。

今天是舞会的日子。但此刻埃米莉决定，她要过一个平常的星期六。她不准备修指甲，也不准备像班上的大多数女孩那样，在脸上喷雾把皮肤晒黑。她压根儿不准备去理发店做头发，她不准备买新鞋和蕾丝内衣，也不想从别人那里借来漂亮的耳环。

她不准备一天只吃芹菜和红色果冻，让自己没有小肚子。她不准备买美白牙贴让牙变得和笔记本中的白纸一样白。

她决定起床后先带狗遛一段长路。接着她也许会为杰拉德做个烙饼，让弟弟忘记前一天对他发火的事。她还将给母亲发条短信，告诉母亲自己希望她一切顺利——虽然埃米莉不知道发生了什么事，也不知道妈妈在哪儿。

埃米莉会看完那本一直在看的书，如果爸爸在工作室里干活的话，她也许会到地下室去听上一会儿。

一天快结束的时候，她会冲个淋浴，并顺便把头发洗洗。她会用电吹风把头发吹干。接着她会穿上在跳蚤市场买的那条裙子，不管怎样，把晚上的舞会撑过去。

这天一旦结束，一旦成为过去式了，她发誓，就再也不会回忆起这天的事情了。

★

在舞会这天，上午九十点钟的时候，天气晴朗，鲍比在后院草坪的躺椅上坐下了。他戴上墨镜，闭上了眼睛。他非常放松，任思绪游荡。

当他再次低头看表的时候，已经过去一小时二十五分钟了。他一定是睡着了，他本应先吃点儿饼干或咖啡垫垫肚子的。鲍比站起身回到房里。现在他已经不可能按预定计划行事了，他对自己很生气。

鲍比拿下眼镜，在过道的镜子里看着自己。他看到镜子里的自己满脸通红。他靠近一点儿审视着自己，发现脸上留着墨镜的印记，自己看上去活像只浣熊，或者说和浣熊恰恰相反，他看上去像是戴了只白色眼罩。

太糟糕了。

他没有想到阳光如此暴烈，而且他也没有想到弄了这么个……

他们怎么叫来着，熊猫眼？

不过有件事他是可以确定的：现在他看上去是个彻底的失败者。

★

鲍比把车开得很快，把收音机开得很响。他有两个选择：要么戴上墨镜去舞会，要么想办法把熊猫眼消除掉。接着他听到不远处传来个声音："请把车停到右边。"

鲍比大声答道："这到底是怎么了？"

他的眼神定格在后视镜上，看见后方来了辆警车。前面的马路上，另一个骑摩托的交通警正在给一个驾驶集装箱卡车的女人开罚单。

鲍比把越野车停在路边，没多久警察把脸凑近了驾驶座那边的车窗。

“我要检查你的身份证和驾驶执照。”

鲍比直直地盯着警察：“我是鲍比，德里克·埃利斯的儿子。我母亲是巴布·埃利斯。你认识我的父母吗？”

警官放低墨镜，希望好好看一看这个脸涨得通红的年轻人。

“你为什么要告诉我你父母的事？”

鲍比不知道该如何回答这个问题，所以他选择了回避。

警官把身体凑近过来。“你开车前喝了酒或吸食过毒品吗？”

鲍比身子一紧，声音里带上了惊慌：“没有！”

“我命令你下车。”警察说。

★

给货车里的红发女人书写完传票以后，杜根警官走到路边协助正在处理鲍比的盖茨警官。货车里的红发女人惊慌过度，没有把车开上马路，反而把手放在倒车挡上，她用脚重重地踩了下油门，卡车径直撞上了鲍比的SUV。

事故就是这样发生的。

警官们没有对鲍比表示怜悯，仍然公事公办地给他开了超速罚单。叮嘱红发女人把保险公司的信息告诉鲍比以后，他们又把更多的超速车辆拦在了路边。

原本只要五分钟的事足足花费了半个多小时，因为红发女人一直在不停地哭。

鲍比的车尽管还能开，但是已经遭到了严重的损坏。从前一天晚上开始他就没吃过东西，脸上的晒伤更是让他如坐针毡。

但下午很快就要过去了，他需要赶快做出决定，把损失控制到最少。

★

黛比坐在犹他州治安官办公室狭窄的房间里。她来了三个多小时了，可仍然没见到里德尔。她回答了几十个问题，填写了无数张各种各样的表格，她甚至还签署了证明身份的宣誓书。

终于有人敲了下门，接着门被推开了，治安官拉马尔又出现在黛比眼前。不过这次，拉马尔身后多了一个人。他穿着大得夸张的毛衣，不合脚的鞋子，还有一条活像是从儿童福利机构借来的裤子。

是里德尔。

里德尔把治安官推到一边，如果先前拉马尔还不知道这个女人是谁，对是否把孩子交给她有所疑问的话，那么现在他的疑虑则完全打消了。

黛比伸手去搂里德尔，里德尔顺势倒在她怀里。黛比的块头并不大，但里德尔在她怀里看起来还是很弱小。黛比把里德尔的头抵在自己的胸膛上，用手抚摸的他的头发一遍遍地说：“好了，没事了，现在没事了。”

从警三十一年，已经铁石心肠的拉马尔，甚至都不忍看见这一幕了。他眼里含着泪，喉咙像被什么东西堵住了似的，连呼吸都开始有点儿困难了。

他现在任何文件都可以签了，甚至不用得到儿童福利机构的允许。

★

开车从拉斯维加斯到贝尔家住的地方需要十五小时，乘灰狗公共汽车则需要二十二个小时，因为公共汽车不时要停住上下客，所以萨姆要周六晚上九点才能到达目的地。

一个名叫茜茜的中年妇女和萨姆隔了个位置。她带了足够一家四口吃的食物。当茜茜第五次要求萨姆尝试下奶酪火鸡汉堡时，萨姆吃下了汉堡。之后的事情就好办了，茜茜和萨姆吃下了一背包食物，其中包括一桶巧克力薄脆饼干和一大包焦糖爆米花。

茜茜没有向萨姆提问。她把萨姆视为自己的俘虏，只要让萨姆一直咀嚼下去，她就可以把自己离婚的事，离婚待遇的不公以及她和前夫在蛋糕店归属问题上的不同观点，源源不断地讲给他听。

等茜茜终于要下车时，五个小时过去了，她把女儿的电话号码抄给了他。茜茜的女儿名叫卡米奥。根据茜茜的说法，卡米奥去香料之都学习芳香治疗法去了。萨姆允诺，自己一旦有机会去卡拉贝斯，就一定会给卡米奥去个电话的。

回到高速公路时，灰狗公共汽车上只有十几个人了。大多数人都觉得车上的座位很不舒服，灯光太亮，除了偶尔打打瞌睡，其他什么事都做不了。

但是对在野外睡了几个星期，以岩石和松针为床的人来说，公共汽车上的座位就是天堂。

38

一个满脸雀斑，穿着低领绿色外套的女人把鲍比带进了日光浴沙龙的准备室。

女人很担心鲍比胳膊上的石膏，所以她在鲍比的石膏外面套了个垃圾袋，让他最好别多动。

坐在湿热、狭小的沙发上，鲍比看起一段四分钟的录像来，录像在解释喷雾晒肤的过程。

录像里有两个人。一个男人和一个女人。他们都穿着泳衣。鲍比拿起遥控，按下快进键。晒个皮肤会有多复杂？

几分钟以后，独自坐在七号自主日光浴房里的鲍比碰到了他的第一个难题，心里闪过一阵恐惧。他应该裸体日光浴吗？他没有带泳衣。可录像里的人明显都穿着泳衣。怎么做才好呢？他决定不把短裤脱掉。

下一个决定：眼前的凳子上放着个纸做的发罩。为什么他们想让他戴上这种东西呢？他完全不记得了。因此他索性把发罩戴上了。他不想让日光把头发晒干——对吧？耳朵呢？放在发罩里还是发罩外？他开始流汗了。

鲍比先是把耳朵放在发罩外面。

接着他想起舞会上他要戴上个王冠。

因此他又把耳朵放了进去。

去他的王冠吧。他的耳垂被细橡皮筋挤了出来。发罩容不下他的耳朵。

他只得把耳朵重新露了出来。

塑料凳的棕黄色毛巾上放着双不太长的蓝袜子，这又是为什么？棕黄色毛巾上的黑色污斑，是不是之前的洗浴者弄上去的呢？

真恶心！

鲍比穿上袜子。接着他推开一扇门，走进一个像厕所一样的地方。面前的塑料墙上有个奥利奥饼干大小的按钮。他是不是应该揿下按钮呢？那接下来又该怎么办？小隔间里的光线不怎么好，他真该好好看看那卷录像带的。

鲍比探出身子，按下绿色按钮。某处的空气压缩机似乎响了起来，之后厕所似的小隔间开始剧烈颤动，面前的墙上喷射出一股浓烈的水雾，冰冷发臭的水雾从装在墙上的三台液体发射器里喷洒出来，先是浇到了他的脚踝，然后上上下下淋着他的前身。

鲍比连忙闭起眼睛，但还是晚了一步。他的眼睛像是被针扎过了一样。快把该死的喷雾器关上吧！

最终在经过了像地震般漫长的时间以后，喷雾器终于停止了喷射。鲍比长舒了一口气。他不记得接下来该干什么了。他试图呼吸点新鲜空气，但马上就意识到咽下的都是弥漫在空气中的水雾。他的肺不会被晒黑吧？喉咙呢？日光浴是不是已经结束了呢？他不知道是不是应该把按钮转个方向。也许其他几面墙上有喷雾器也说不定呢！

喷雾器突然又点燃了。但是他还没来得及转过身，因此他的前身又一次蒙上了一片水雾。

他再也无法忍受下去了。

鲍比闭着眼睛摸索着门把，手却一不留神撞在了模塑的塑料墙上。墙壁光滑湿润，失去平衡时，他的手本能地缩了回来。

鲍比撞在另一面墙上，雾气仍然从阀门里往外涌。他必须把眼睛睁开，在浓重的雾气中，他抓住门把手，重新站住了脚。门意想不到地打开了，鲍比没收住脚，撞在门的尖角上。

★

幸运的是，那天急诊室的当班护士不是黛比；不幸的是，他膝盖骨的下方被缝了八针。门上的碎片使鲍比一直从膝盖伤到了胫骨。

另一个坏消息是来自丘吉尔高中的莱娜、伊莉莎和内奥米，为了在舞会上一展风采，这一天他们都做了喷雾疗法，自然他们也都看见了鲍比被送上急救车的那一幕。

因为门上有金属，急诊室医生给鲍比打了针很疼的破伤风。为保险起见，又给他开了一个疗程的消炎药，还告诫他千万不能喝酒，否则吃下去的那些药就没用了。

听到医生的话，鲍比不禁怒从中来。看在上帝的份上，今天可是舞会之夜啊！

从医院脱身时已是下午四点了。从昨晚到现在，鲍比一口饭都没吃。他觉得天旋地转，身子发软，头疼得好像太阳穴边上放了把风钻似的。他没有打电话给父母，因为知道他们不会关心他的这点小伤，但对越野车的损坏一定会唠叨个不停。

于是鲍比去了阿比饭店。

他必须找点东西来填饱肚子。因为停车区已经停满了车，鲍比只能把心爱的但已经被撞伤的越野车，放在饭店正前方的禁停区里。

车停稳之后，他把残疾人停车证放在了后视镜上。但鲍比没发现车门关上时，残疾人停车证从后视镜上掉了下来。停车证像片润湿的树叶一样落在车内的地板上，消失在车前座的下方。

鲍比在店里要了两份牛肉三明治。当他把第二份三明治放在嘴边时，才从店里的防盗镜中看到了自己的模样。

他的脸像是在糖浆里浸过一样。四分钟以后，鲍比去上厕所，就在那时他的车已经跟在马洛·霍夫公司的牵引车后面，沿着富兰克林大街去往拖车场。

★

在接下来的这一半旅途上，车里几乎没什么人。于是萨姆走到车后面，拉上扶手，在四人坐的座位上美美地躺了下来。

朦胧中，他第一次认认真真地考虑起按响贝尔家门铃的事来。

坐在萨姆前面两排的女人带了条毛毯，毛毯是她在国内航班上“无意中”拿来的。

女人一上汽车就注意到了萨姆，六小时后，她准备在一个令人昏昏欲睡的小城下车时，她把宝蓝色的毯子盖在萨姆身上，好像毯子能让萨姆舒服一点似的。

萨姆翻了个身，但并没有醒。

引擎声呼啸而过，公车下高速时微微地颠簸着，这令萨姆睡得更舒服了。

★

他变成了橘黄色。

鲍比在阿比饭店厕所的镜子前审视着自己，也许是因为日光灯的光线问题吧，他看上去和锥形的路标差不多。不，更像块压扁的南瓜。他看上去像《海底总动员》里的小丑鱼，像甜土豆，像一只芒果，像一个穿连身囚服的囚犯。

鲍比往脸上泼了点儿水，但他心里很清楚，这鬼东西很难被洗掉！

他使劲地搓着自己的面颊，这时他又遇到了另一个问题：除却脸上的污垢以外，他的晒伤也很严重。这些晒伤才是真正要命。

鲍比把胳膊放在水槽边缘，意识到胳膊上的石膏变得越来越湿。看到自己那张蜡黄色的脸，他早就忘记断臂的事实了。他走到纸巾分发器前，左侧膝盖上把皮肤缝合在一起的针头让他感到一阵生疼。

突然一切变得难以承受。

鲍比转过身，重重地踢了一脚墙，让他意想不到的是，他的右腿直直地插在多年来被马桶里飞溅出的水花侵蚀的干墙里。幸运的是，陷在墙里的不是鲍比受伤的左腿。鲍比把脚抽出来时，干墙上的石灰粉在窄小的厕所里撒得到处都是。

他没有清理干净。

39

埃米莉到家以后，看见爸爸把一个单人床垫从车库向后门扛了过去。他看上去非常开心。埃米莉跟在爸爸身后进了家，帮着把东西挪到一边，让爸爸走过时更容易。

“这是在做什么？”

“我要把床垫放在厨房边的小房间里。”

没人知道该怎样称呼那个房间。

埃米莉替爸爸推开了门。“家里要来客人吗？”

爸爸点了点头。

“你妈妈正赶回来，她会带个人过来。”

这话听起来可真有趣。埃米莉还是不知道妈妈去了什么地方。

“谁呀？”

她爸爸没有回答。

厨房边的房间以前是个卧室，后来又成了妈妈的家用办公室，现在则是家里的健身房和临时储物室。爸爸若有所思地打量着这个房间。

“看来我必须把跑步机拆开，然后把零件放到外面去。”

埃米莉瞪着爸爸。就算客人要住上一个星期，为此就把跑步机给拆了，这恐怕不是个好主意吧。蒂姆把床垫靠在墙上，又一次朝车库的方向走了过去。

“我去把工具拿来。”

埃米莉在爸爸背后大声喊道：“等等——到底是谁要来？”

蒂姆头也没回地应了一声：“家人。”

埃米莉看着爸爸越走越远。笨蛋，你早该猜到是珍妮阿姨了。

所有人都对珍妮阿姨又爱又恨。她既聪慧又有趣，但同时也是个话痨。你很难让珍妮阿姨闭嘴。如果家里有谁讨厌她，总有人替她出来打抱不平：“算了，你到底想怎么样？她可是我们的家人啊。”

她不是听到父母说起过珍妮阿姨身体有恙吗？也许是钱的问题？整整一个月以来，她对周围的事物都抱着漠不关心的态度。此时，埃米莉心生愧疚。

她决定尽力和珍妮阿姨好好相处。

★

走出淋浴池的时候，埃米莉意识到自己这一天过得不错。很长很长时间以来，她第一次有这种感觉。

接着她意识到之所以会如此轻松，主要归功于鲍比，鲍比没有像以前那样没完没了地给她发短信、打电话了。

这是自四月以来，她第一次呼吸自由的空气，而没有感觉到鲍比呼出的热气离她只有咫尺之遥。她会配合舞会之王过好这一天，但同时也会明确地告诉他，他们之间的关系只能到朋友为止。

★

黛比和里德尔相处愉快。州际公路上的车不多，黛比估计晚上十点就能到家了。里德尔一直没有闭眼，双眼一直瞪着前方的挡风玻璃。左手紧抓着新的吸入器，他生怕自己一旦睡着了，醒来后却发现自己身处犹他州的某个乱石堆里。

三个小时过后，黛比停下车，和里德尔一起在高速公路旁边的小店里吃着意大利辣香肠比萨和柠檬水。黛比通常不会选如此不健康的食物给孩子吃，但这一次，却和里德尔吃得津津有味，并破天荒地两人一起吃完了比萨。吃完饭后，里德尔小心翼翼地把印有意大利地图的纸垫折叠起来。为了确保安全，他把纸垫和两块糖一起放进了衣兜。

回到车上以后，黛比把前一天从家里带来的奶油乳酪香蕉蛋糕递给里德尔。里德尔打开纸垫，把它铺在膝盖上，然后津津有味地吃了起来。

黛比打开收音机，里德尔立刻跟着收音机里的旋律哼唱起来。

黛比感到非常惊讶，她没想到里德尔也知道这首歌的歌词和曲调。

黛比调高了音响：

我会向你伸出手，
我相信你做的所有。
只要呼唤我的名字，
我会在你身边。

我会安慰你，

建造我梦的世界环绕你。

我是多么高兴找到了你，

带着强烈的爱，我在你身边。

让我用欢乐和笑声填满你的心房，

无论何时你需要我，

我在你身边。

收音机里的歌曲放完以后，黛比和里德尔仍然清唱着歌词。里德尔用上了所有的力气，但他并没有停下来。除了萨姆，他从来没有在任何人面前唱过歌，但他的声音却出人意料的清晰和平稳。

唱完歌以后，他用吸入器吸了两口气，发现自己呼吸得非常轻松。里德尔侧过脸看了眼黛比，慢慢地舒了口气。

没错，这么久以来，里德尔终于又能畅快地呼吸了。

★

灰狗公共汽车配备有一套音响系统，由司机来决定要不要打开。现在大多数人都会带上自己的随身听，加之司机戴上耳机是违法的，所以司机把环绕声卫星系统调到专门播放摩城音乐的频率。

音响里传出“我在你身边”的旋律，从与婶婶一起旅行的十一岁女孩，到坐在前排玩字谜游戏的八十九岁老头，车中的乘客都情不自禁地随着节拍哼唱起来。

萨姆在公车后方的最后一排上睁开了眼睛。对他而言，这首歌似乎是专门放给他听的。

> 带着强烈的爱，我在你身边。
> 让我用欢乐和笑声填满你的心房，
> 无论何时你需要我，
> 我在你身边。

鲍比的妈妈给洛里打了个电话，告诉他鲍比和埃米莉不会去拍照了，他们将在舞会上和其他人会合。他们也不会和其他舞伴乘贵宾车去游街了。

鲍比用了整整五分钟才穿上了和晚礼服配套的长裤。弯腿对他来说非常痛苦，这时的鲍比看上去像是用玻璃做的一样。他是左脚上缝了几针，可他一直向父母抱怨右脚很疼。要不是在阿比饭店的厕所里用右脚踢了一下墙，接下来的一整个星期他都不会知道自己断了根脚趾呢。

待到鲍比出现在门口时，埃米莉已经多等了四十五分钟。他没有戴胸花，石膏的淀粉味里还夹杂着防晒油特有的甜瓜味。

但舞会之王已经准备好了。

★

在等待的时间里，埃米莉待在房间里听音乐，收拾东西。最近房间里乱糟糟的，她把书、纸张和衣服扔得到处都是。

当埃米莉从鲍比的爸爸打来的电话中得知鲍比的车被人偷走时，她着实吃了一惊。鲍比很喜欢他的那辆多功能跑车。埃米莉希望小偷能早日归案。

下午六点四十五分，埃米莉下了楼，连对现实世界知之甚少的十岁男孩杰拉德也情不自禁地赞叹道：“你看上去就像个公主！”

埃米莉不想对弟弟出言不逊，但她还是忍不住说了句：“公主们才不会穿这身黑色的衣裙呢。”

杰拉德想了想说：“公主不会参加葬礼吗？”

埃米莉笑了起来。这时蒂姆出现在他们面前，看到女儿的打扮，他停住了脚步，情不自禁地发出一声赞叹。

杰拉德随之叫道：“她要去参加一场王室葬礼。”

蒂姆趁机给儿女拍了几张照片，他知道今后再要拍照就会有三个孩子了。生活中总会有许多未知的转折，这是意料之中的事。他妻子总想要更多的孩子，现在她总算是如愿以偿了。

杰拉德突然觉得大家都没搭理自己，他问爸爸能不能不吃过夜的辣椒，而去吃些中华料理。蒂姆同意了儿子的要求。

黛比和里德尔最早晚上十点才能到家，他和杰拉德在家里迎来巨变之前可以尝试些特别的事。

40

鲍比的父母坚持开车把他们送到贝辛山脉旅馆，就好像他们是才上六年级的孩子。这时贵宾车队已经开走了，眼前的问题便是能否按时把他们送到舞会现场。如果不能在晚上七点之前进舞厅的话，那你就别想进去了。

傍晚的时候，鲍比的爸爸给警察局打了个电话，向警察报告了鲍比的车失窃的事情。这时他才知道跑车只是被管理市容的拖车给拖走了。但鲍比一整个晚上都在坚持自己的说法，他父母决定等舞会回来再找他好好谈谈这件事。

在鲍比看来，眼前的埃米莉虽然漂亮，却不够性感，让他有点不满。她的裙子既没吊带，又没露背，甚至还把身体裹得严严实实，鲍比对此感到非常失望。她看上去像是时尚杂志里的什么人物，似乎有点气质阴暗。

埃米莉一上车，鲍比就看得出她有些心不在焉。但鲍比希望埃米莉满心期待，因为他是舞会之王。他望向窗外，寻思着能不能找到机会告诉埃米莉这一点。

当汽车抵达贝辛山脉旅馆的时候，鲍比做了个深呼吸，告诉自己这一天的噩梦已经结束，快乐的时光就此来临。这时他突然听到有人在叫他：“布比，你怎么来了？”

声音又大了些：“布比，你来这儿干吗？”

埃米莉回过头去，鲍比无计可施，只能跟着回了头，奥尔加穿着温泉疗法的制服正在打量他。

“布比，你的胳膊怎么了？”

鲍比嘟哝着：“我的胳膊没怎么。”

但奥尔加是在两个国家拥有执照的美容师。看见鲍比的脸，奥尔加突然把眼睛瞪得老大。

“我的妈呀！你的皮肤到底怎么了啊？”

鲍比没有回答。埃米莉对两件事非常好奇：这个女人怎么会认识他？鲍比为什么在这个女人面前如此卑微？奥尔加接着又说：“明天再过来做一次温泉疗法吧，你还有第一次事故时剩下的积分呢！”

鲍比目瞪口呆。

奥尔加伸出手碰了碰埃米莉的手臂，轻声细语地对他说：“以前从来没有人从诊疗椅上摔下来过。我发誓，从来没有。”

★

晚餐也没能让鲍比的心情更好一点儿。

在他们这桌，侍者不小心把一盘卤汁面条洒在科特尼的背上，科特妮的裙子是用白色丝绸做的，她为此而痛哭不已。埃米莉在卫生间里试图帮她洗掉身上的酱汁，但这样一来，裙子就变成透明的了。科特妮在裙子外面包了条花边围巾，但和埃米莉一起回到餐桌旁边时，她依然在抽泣。鲍比帮不上忙，但对科特妮的泪水扰乱了气氛感到非常生气。

洛里和诺拉正在唧唧喳喳争论着什么，最后洛里拿起块烤面包塞进嘴里，结束了他们之间的争吵。

所有人举起酒杯后，洛里发言道："为了舞会之后的晚宴，为了晚宴后的汽车旅馆，让我们举杯欢庆吧！"

埃米莉知道舞会后有个晚宴。舞会后的晚宴通常是必不可少的，但这些人要去汽车旅馆干什么呢?

埃米莉转身看着鲍比。大多数人还在吃着盘子里的东西，但有些爱热闹的孩子已经下舞池跳舞去了。鲍比像法官审视罪犯一样仔细地打量着在舞池里狂欢的人们。埃米莉凑近鲍比问："你们准备去汽车旅馆干什么？"

鲍比觉得还是实话实说为好。

"我们订了些房间。我们可以住一间。"

音乐虽然很响，但埃米莉完全能听见鲍比说的话："你为什么要这样做？"

一天下来出了这么多事，鲍比还是尽可能地控制着自己的脾气："你在浴室时，我打了个电话给你爸爸，告诉他舞会后我们有个晚宴，早上还要去瑞恩饭店喝早茶，我们要到明天早晨才能回家。不过那都是些废话。埃米莉，今天晚上是属于我们俩的。"

"你到底在说什么啊？"

学生会主席玛丽娄·阿佐夫从舞厅前面的小讲坛上拿起麦克风，让舞会之王和舞会王后赶快到前面来。

起身时，鲍比甚至都没看埃米莉一眼。

鲍比把没受伤的手臂举过头顶，挥了挥拳头，背对着埃米莉对全场观众大声呼喊着：

“宝贝，我来了！”

全场发出一片哄笑声，有人朝鲍比的方向扔了块柠檬角。

站在远处墙边阴影里的电脑迷哈里·梅勒丹德里按下一个开关，十几盏激光射灯同时亮了起来。如同迪斯科舞厅和科幻电影里的红蓝光束在舞厅里回旋交错着，干冰机喷出黄色的浓雾。

埃米莉隐藏在灯光、雾气和混乱的人群中，她从挂在椅背后面的黑色小包里拿出支笔，把放得到处都是的菜单卡片翻了个面，然后在上面写道：

> 鲍比，我必须早点儿回家。
>
> 祝你玩得开心。
>
> 埃米莉

★

太阳已经下山了，但地平线上还有一抹橘黄色的暮光。真正的夜晚还要等待几分钟。如果穿双更舒适的鞋，埃米莉完全可以走回家去。但饭店前面恰巧有个公车站，抵达人行道时正巧有一辆蓝色的公车在她面前关上了车门。

她必须做出选择。如果不能赶上这班车的话，那她就必须等下一辆车了。她回头瞥了一眼酒店，在这里等显然不太妥当。如果鲍比出来找他那该怎么办啊？

她干脆脱下鞋子，开始朝街边跑了过去，刚巧在公车驶离路沿的时候赶上了。她敲了下玻璃，司机看到这个穿着黑色晚礼服裙装的十七岁少女，惊奇地踩下了刹车。

车里灯光明亮，十几个乘客吃惊地看着埃米莉上了车。她跑得满脸通红，用发夹束在背后的头发松松软软地挂在脸上。她一手提着鞋和包，一手在包里摸索着零钱。她像个落跑的新娘，但这身黑裙子却让她更像个从葬礼上逃出来的人。她突然希望杰拉德可以看见这一幕。

★

蒂姆和杰拉德在张氏饭店里吃了最喜欢的食物：港式芝麻虾和香酥柠檬鸡，杰拉德的幸运曲奇上写着：有个大惊喜在等着你。蒂姆的则是：千里之行始于足下。

回到家以后，蒂姆没有让杰拉德像以往那样在规定的时间上床。里德尔马上就要到家了，他觉得与其明天再给杰拉德一份惊喜，不如今晚就解释清楚。

埃米莉就等到明天早晨再解释吧。

平时埃米莉午夜之前必须回家，得到特别允许的话可以顺延到凌晨一点。但今天晚上要开舞会，之后还有晚宴和早餐。鲍比在电话里告诉他学校里租了辆豪华大巴，参加舞会的人都不会自己开车，他会让埃米莉安全到家的。

因此蒂姆真的不知道什么时候才能看见自己的女儿。

蒂姆不善于处理这些事情，这一向是黛比的工作。不过，既然今后他们会有三个孩子，他觉得自己必须有所长进了。孩子像农庄里的动物，你必须时时关照他们，现在他必须对他们给予更多呵护才行。杰拉德没完没了地想要个兄弟，现在他马上就会得到一个兄弟了。

蒂姆不知道杰拉德是否想要个哥哥，他的心思任何人都很难猜透。

也许他一直想要的就是个哥哥。

★

黛比把车开进砖石车道，兀自感叹着世事变化莫测，任何事情都可能在瞬息之间发生改变。里德尔没有马上下车，而是坐在副驾驶座上打量着她家的房子。

黛比在旅途中用平静而实事求是的语气告诉里德尔，今后他将和他们住在一起，眼前这幢房子就是他的新家。现在当里德尔打量着这幢房子的时候，她又吃不准自己到底该不该这么做了，也许循序渐进会好一点儿吧。

但这种事是没有手册可以参考的，只能摸索着一步一步来。

看到黛比的车驶离马路以后，蒂姆转身面对着坐在地上翻看一本青蛙书的杰拉德。杰拉德老想着在高尔夫球场后浑浊的池塘里逮几只青蛙带回家，把它们养大后，将蝌蚪幼虫卖给其他小朋友当宠物。

蒂姆说："你妈妈回来了。"

杰拉德抬起头，露出了笑容："太好了！"

然后他又低下头看着书上的蝌蚪图片。菲利克斯则高兴得有点儿发狂了，黛比是它在这个世界上最喜欢的人，看到她回家无疑是菲利克斯最开心的事。但即便对于一只特别疯狂的宠物狗来说，今天的这种狂热也与平时不同。

接着，两只猫也突然冒了出来。它们现在看上去很正常，不再是皮包骨的小瘦猫了，不过它们仍然一直黏在一起。此时，它们一同跳上沙发的靠背，想看看外面到底发生了什么事。

蒂姆看了猫和狗一眼。有人不是说动物能预测地震吗？也许这种说法有几分是真的。蒂姆望着窗外，看到黛比和里德尔仍然在车里。也许事情没有他预想的那么顺利。

蒂姆突然觉得应该给杰拉德一些提醒。

“杰拉德，你妈妈带回来一个人……”

杰拉德把视线从书本转移到菲利克斯那里。

“菲利克斯疯了。”

蒂姆没有受到杰拉德的干扰，继续把话说了下去：“你一定还记得里德尔吧？”

这次杰拉德的兴趣上来了。

“里德尔不会游泳，我想学做救生员。我已经决定了。”

蒂姆继续说了下去。

“实际上里德尔并没有像警察告诉我们的那样死在河里。”

杰拉德合上了这本有关青蛙的书。

“以前没有人告诉过我到底发生了什么。你这话是什么意思，难道里德尔没有死吗？”

“他活下来了，有人在犹他州找到了他。”

杰拉德双眼瞪得浑圆。

“真的吗？埃米莉知道吗？妈妈呢？里德尔没受伤吧？”

蒂姆还来不及回答，前门就被推开了，黛比和里德尔走了进来。

41

埃米莉把头靠在浅色的车窗上。有多少人会在舞会之夜乘坐公共汽车回家呢？又有多少人会有舞伴突然离去的遭遇呢？她突然对鲍比感到愧疚。也许她应该留下来，当面告诉他自己准备走了。不过她不想引来旁人的围观，悄悄离去也许是更好的方式吧？

这时，她在公共汽车前方，看到了第六连锁旅店进口处的大遮檐。“没有空床”的红色霓虹灯管亮着。埃米莉看到灯管下方有几个闪烁的黄色小字：“我们会把灯一直开着。”

埃米莉闭上了眼睛，她知道自己做了个正确的决定。

公共汽车在转弯处开上了斯科菲尔德大街。他们正途经这里的老城区。街上车不多，公共汽车开过六七个灯柱后，停在一个站的正前方。

坐在她旁边的一个老太太起身准备下车。埃米莉看到挡风玻璃外，有个人正站在车身的阴影里准备上车。

但外面天空灰暗，又隔了块浅色的玻璃，埃米莉看不太清楚那个人的样子。

★

萨姆站在公共汽车前边付车票钱。

坐在后排的埃米莉，看不清他的脸，但一看到他的体形，埃米莉就认出来了。

是萨姆吗？看来她又是在做梦了。

或者有人在舞会的柠檬水里给她下了药。鲍比。也有可是洛里。因为她产生了幻觉，因为萨姆已经死了，怎么可能跨过几个州踏上这里的公共汽车呢？

是不是世界上另有一个人和萨姆非常相像呢？

站在公共汽车前部的那个人和萨姆身高差不多，体形也非常相似。他的头发很乱，也更瘦些。他的行动不如萨姆那样自然，另外他的动作也和萨姆不太一样，他的动作很僵硬，他受伤了。

萨姆没有这么破的牛仔夹克，不过裤子却像萨姆穿过的那条。

这时他转过了头，埃米莉看见了他的脸。

现在他也看见了她。他只是直直地盯着她，眼睛一眨也不眨。

埃米莉张开嘴，但脱口而出的只是："我……"

这就够了，无须其他。只要"我"。

他和她四目相对。他向车后走去，她站了起来，向他迎去。

最后终于喊出了他的名字："萨姆。"

★

萨姆没想到在公共汽车上看见了埃米莉。

他没想到看见她穿着漂亮的裙子，光着脚，颤抖的手里还拎着双小拖鞋。

他对这一切全无预料。他原本准备到她家去找她一家人，但即便是在那种场合下见面，也会让他感到害怕，他怕自己会崩溃。但现在，一切就这样发生了。

现在，在公共汽车荧光灯下，在过道两边十几个人的共同注目下，埃米莉就在那儿。

埃米莉紧紧抱住了萨姆，就算他是幻觉，她也永远不会再放他走了。

★

公交车不从贝尔家门前经过。

里德尔比任何人都清楚这一点，因为里德尔记得城里的每一条公交路线，也坐过每条线路的公共汽车。即便在不坐公车的时候，他也总是把这些公交路线记在心里。他画过城里的地图，并把路线和所有车站都标注在了地图上。

但现在，透过白色薄纱窗帘，里德尔看见了一辆公共汽车。公共汽车在贝尔家门前停了下来。

里德尔转身对全家人说："公共汽车来了。"

大家转过头看向窗外，是真的。

路边停着一辆公共汽车。门开了，车上下来了两个人。

杰拉德对公共汽车不怎么关心，所以他回头看着里德尔，里德尔双手兴奋地乱舞。

蒂姆弯下腰，把附有巨幅青蛙图片的童书从地上捡了起来。

黛比因为长途驾驶和缺乏睡眠已经筋疲力尽了，她靠在沙发上闭起眼睛小睡。

这时里德尔突然大声尖叫起来。

★

萨姆听到房子里面传来弟弟嘶哑的惊叫声，像被一把剃刀割过喉咙。他曾经听见过这样的叫声。

但就在这时，贝尔家沉重的前门打开了，里德尔出现在门前的人行道上，正撒开脚丫奋力狂奔着。

里德尔径直向他跑来。

萨姆突然觉得膝盖一软。他生命中所有经历过的苦难，在那一刻烟消云散。

42

十年来，山田宏一直保存着克拉伦斯带来的古币。

这年六月的第二个星期，一张克拉伦斯的照片出现在网上，据说这个男人诱拐了自己的两个儿子，这些年来一直在各地东躲西藏。

山田宏马上就知道了他们是谁。他联系了司法机关，后者将他引荐给了桑德森警官。桑德森告诉山田宏，犹他州少年法庭的法官已经把萨姆和里德尔的暂时收留权判给了黛比和蒂姆。

萨姆和里德尔都不记得去过梅德福德钱币公司的事了。不过萨姆还记得妈妈有一套古币收藏，他记得那套古币被装在一个蓝色的纸质钱币盒里——要证明那些古币属于他们，这点记忆也就足够了。

接着，那套古币被投入了拍卖，十天后，在旧金山，以创纪录的四万八千二百零二美元被人拍走。

听到这个消息以后，桑德森警官挂上了电话，接下来的一整天，他都在自言自语：“一分不差！”

山田宏拒绝了萨姆和里德尔给他抽佣的请求。尽管他的祖父母在“二战”期间、日裔美国人被隔离的时期，就失去了家族经营的绿化生意，尽管他的父亲是在图利湖安置营的铁丝网后出生的，但山田宏依然保有他们家庭的训诫：万事皆应物归原主。

不过他也并非没有得到任何回报：梅德福德钱币公司自此名声大噪，山田宏本人也成为知名的古币鉴定专家，那之后，他鉴定了许多著名的收藏，并在许多高规格交易中担任销售代理。

里德尔只听过山田宏的名字。当他和黛比在一起，提笔给山田宏写致谢信时，他把山田宏的名字Hiro写成了Hero。

这个无心的错误毕竟微不足道，因此，也没有人费事去纠正他。

★

萨姆往朱利奥·科特兹给他的邮政信箱地址寄了张支票，支票上的金额是萨姆借款的两倍。

朱利奥觉得把多出的金额转给牛仔布兹才算公平。于是，在结束了三个月的放牛生活以后，布兹用这笔钱买了一件新的牛仔夹克和一件新衬衫。卖衣服的女店员马拉邀请布兹下班后和她喝杯咖啡。不过下班后，布兹和马拉却去了间唤做“金马靴”的酒馆。

十八天以后，他们连夜开车赶到拉斯维加斯注册结婚。马拉的梦想是养一头小牛犊，布兹很愿意帮她达成这个梦想。

★

夏天快结束的时候，三位古生物科学家——克劳福德·拉特里尔、迪娜·索科洛和朱利安·米克尔森——回到现实社会，在《探索频道》的九十分钟节目中，展示了他们六个月的探险成果。他们希望电视网能够认可他们工作的价值，继续对他们热衷的古生物研究加以投资。但事与愿违——电视网总裁伯尼看了样片以后，给出了个评价：单调乏味。他决定不再为这部片子的后期做投入，然后拨给科学家们每人两周的遣散费。

三天以后，编辑室里有位名叫萨拉·阿伦的实习生把里德尔被找到时拍摄的录像镜头剪辑在一起。新来的节目部副总监陈伟经过走廊时，听见编辑室里的人在七嘴八舌地议论，这引起了他的关注。

陈伟拿走了编辑带，并以此为基础制作了《探索者》节目。在该节目的第一期里，三位科学家作为嘉宾，叙述了一个感人肺腑的故事。第二期节目则把镜头对准了一个在船难中失去了小手指的女人；两个星期后，她在快餐店享用鱼类三明治时竟意外地在鱼肉里吃到了一节手指。科学家领导的研究小组将对两者进行DNA对比。

黛比和蒂姆让里德尔自己决定要不要参与这个节目。里德尔拒绝了。他不会继续录影，但是，他允许节目组继续使用已有的视频。电视网因此支付给他一笔肖像使用费，他请黛比和蒂姆帮忙，将这笔钱捐给了犹他大学的古生物项目。里德尔希望自己有一天能研究恐龙头骨，他已经深深地爱上了古生物这门学科。

★

一天晚上打完桥牌之后，雪松市的杰特鲁德·惠特灵把自己锁在了屋外。自从克拉伦斯偷走了她的珠宝，家里就新装了个防盗系统——这套系统老给她找麻烦！

那天晚上，杰特鲁德试图爬上玫瑰支架，从二楼进入自己的家。但那些玫瑰支架，尽管形态别致，却并不牢固，杰特鲁德掉了下来，摔折了手腕。

她住在圣迭戈的女儿埃尔斯，把母亲的这次受伤和之前那次被抢看作是某种信号。两个月以后，杰特鲁德住进了加利福尼亚州拉荷亚的一个老年人社区。住在她隔壁的女人是一位意大利的歌剧表演艺术家，至少在她退休之前是。她和杰特鲁德每天下午都会听上两个小时歌剧。这对杰特鲁德来说，简直是天堂般的享受。

杰特鲁德离开雪松市以后，戴莉夫人周日做礼拜时，开始戴上了那枚镶嵌着宝石的圣诞树别针。

她告诉教堂里的人，说这枚和杰特鲁德那枚非常相像的别针是她在斯凯拉的一家古董店里找到的。这真是令人羡慕啊，大家赞不绝口。

★

“出众理发店”的克里斯特尔把萨姆和埃米莉的照片寄给了每年一度的北美发型大赛组委会。她得了个二等奖，奖品是一趟费用全包的旅行，去迈阿密参加大赛组委会的年度盛典。

克里斯特尔在盛典上结识了韦德·韦尔海曼，后者在西南部地区拥有十几家美发沙龙，他立即决定聘用克里斯特尔为连锁店经理。

★

埃米莉离开之后，鲍比当晚便和玛丽娄·阿佐夫好上了。他知道玛丽娄一直在暗恋着他。

不过玛丽娄的母亲在升职后迁到了丹佛，六月，阿佐夫一家便离开了小镇。鲍比说即使不在一块也能谈恋爱，但玛丽娄却认为这并不可行。

玛丽娄离开以后，鲍比告诉大家，他要把名字改成带两个“b”的罗伯。Robb为了彻底适应这个新身份，他已经制定了一个长达六个月、包含十四个步骤的新计划。

★

黛比和蒂姆有不少决定要做。

起先他们认为让萨姆和里德尔跟他们住在一起就行。但是，他们的女儿正在和萨姆谈恋爱，住在同一屋檐下显然不太合适。

接下来，兄弟俩名下的钱币被拍卖后得到了一大笔钱，于是他们决定在大学附近租一套不太贵的公寓。下一个生日萨姆就十八岁了，蒂姆正在为他办理进入大学攻读音乐学位的手续。

男孩们希望能在一起。现在他们找到了一个解决方法，每天早晨一起床，里德尔就步行到贝尔家，他总会到得很早。菲利克斯每天晚上住在里德尔的公寓里，太阳升起以后，这两个家伙就会穿过邻居门前的草坪，一起向贝尔家走去。里德尔不喜欢走人行道。

两只猫留在埃米莉身边。

★

几周后的一个深夜，在另一个州，克拉伦斯从空气稀薄的牢房中醒来，他失去的那条腿似乎又忘了自己已经不复存在，再次令他感到一阵剧痛。

与此同时，几百英里之外，萨姆正住在属于自己和弟弟的公寓里。他盯着头顶的水泥天花板，辗转难眠。他知道，自己心底仍有疑惧，害怕一觉醒来，眼前的一切又变成了好梦一场，而他又再次回到从前那噩梦般的现实中。

然后，在他的脑海里，又出现了第一次见到埃米莉时的情景。音乐响起，埃米莉对着他唱“我会在你身边”那声音荒腔走板，却又饱含深情。

他终于安下心来。至少，这歌声是真实的。而他现在要做的全部，就是跟随这歌声的指引，让它带自己去到任何地方。

只需侧耳聆听。